旅する通り雨

沢村 凜

角川文庫
23536

目次

〈わたし〉の旅　到着

世界をへだてるドアが開いた。

わたしは息を大きく吸うと、ゆっくりと吐き出しながら、足を前に踏み出した。

ドアの向こうは窓のない通路で、目にうつるのは白い壁ばかり。つまりは、この世界に移動する直前と同じ光景を見ているわけだが、空気がはっきりとちがっていた。

重い。

しっとりしている。

存在感がある。

眠っている何かの感情をそっと揺り動かそうとする、遠くからの呼び声のようなものが含まれている——。

歩きながら、〈カオア界〉の空気を形容することばをさがしてみたが、どの表現もぴんとこないまま、突き当たりにたどりついた。

壁にうめこまれている五センチ角のプレートの前に、右手首をかかげる。同時に、上方の微細なカメラが向きを変えて、わたしの顔にレンズを向けた。わたしは目をこころもち大きく開けて、まばたきをこらえた。

そんなことをしなくても、カメラはわたしの瞳の虹彩パターンを読み取れる。それはわかっているのに、いつもつい、心をもたない機械の仕事に協力してしまう。

かすかなモーター音がして、目の前の壁がスライドした。

今度こそ、世界が一変した。

緑。

日差し。

風。

その風がたてる音。

そして、匂い。

眼前には、平らな土地が広がっていた。凹凸《おうとつ》が少ないという意味では平らだが、全体ではなだらかな上り坂となって、数百メートル先で青空と接している。

広い地面を埋めるのは、さまざまな種類の草と灌木《かんぼく》。その合い間には、岩と小石と土。草も灌木も、どれひとつとして人間の手で植えられたものではない。金属やセラミックスの刃で刈り込まれた跡もない。だから、見る者の目を意識してつくられた景観のもつバランスも、侘《わ》びも寂《さ》びも、形式美もなく、すべてがでたらめに散らばっていた。

わたしが牛か羊だったら、すぐに走り寄って口に含みたいと思うだろう、やわらかそうな葉がしげるまわりには、トゲのある薄茶の枝が地を這《は》っている。小石のちらばる窪《くぼ》地《ち》のうしろでは、光沢のあるとがった葉の一群が、風を受けて、剣舞のように波打っている。白くて地味な花をのせた茎が身を寄せあう一帯を縫って、ねじれた幹が伸びている。その手前には、苔と腐りかけた落ち葉におおわれた岩。そのかたわらには真紅の花一輪。

秩序などどこにもないのに、この光景を一望してまず感じるのは、「調和」だった。部分部分を見ると、こんなにもさまざまな色でできているのに、この景色をひとことで表せば、「緑」だった。

わたしは目を細めると、大きく開けた世界に入っていった。

空はくっきりと青かったが、厚みのある雲がいくつも流れていて、日差しの強さがあわただしく変化した。ひたいに手をかざさなければ遠くをながめられないほど強い光が降りそそいだかと思うと、視界内の明度がすーと落ちて、灌木にぶらさがる白茶けた実が、真っ黒になって影にまぎれる。

その変化の激しさと唐突さに、わたしはとまどっていた。

考えてみれば、どこの世界でも、太陽は太陽。空は空。こうした変化は同じようにおこっているのだ。しかし、日差しをさえぎる人工物や、照度不足をおぎなう人工光がふんだんにある世界では、それが大して気にならない。多くの場合、気づきさえしない。

だが、ここではすべてがむきだしだった。

わたしは、首をひねってうしろを見た。

いま出てきたばかりの建物は、すでに姿を消していた。

よくよく目をこらせば、そのあたりの風景がどこか不自然なのがわかる。建物はいまもそこにあり、周囲で光を屈折させることで、見えなくなっているだけなのだ。

けれども結果として、わたしの目はどこを向いても、人間の存在を感じさせるものをとらえることができない。

だからわたしは、ひとりだった。

秩序がないのに調和した原野に、ただひとり立っていた。規則性がないのにリズミカルに吹いてくる風を受けながら。

前を向いて、わたしは歩みを再開した。

いまなら、この世界の空気をなぜ、重くしっとりと感じたかがわかる。密閉された建物の中にも入り込んでいた、ここ特有の匂い——土の香りをかぎとっていたからだ。

それは、この世のすべてをかき集めて、そのすべてから生々しさをはぎとったような匂いだった。花々の芳香や、蜜や果物の甘い香りから、朽ちた植物の発酵臭や、動物の死骸が放つ腐臭まで、すべてがあって、どれでもない（実際、土は、大量の無機物に、それらのなれのはてが混合されたものなのだ）。

ビビッドな感覚はまったく刺激されない、「匂い」と呼ぶには頼りないほど穏やかな香りなのに、休息に誘《いざな》うのでなく、動きだすための力をじわじわと与えているような滋養がある。

言ってみれば、地母神《ガイア》の体臭。

草原の中にいるいまは、彼女がその上にふりかけている香水——緑の匂いも感じられた。こちらは、ビビッドですがすがしい。

わたしは、あらためて胸いっぱいに空気を吸い込んで、ああ、ここは〈カオア界〉だと思った。


草の少ない場所を選んで歩いたので、一足ごとに、靴の下で土くれが、さくっと崩れた。

さくっ。さくっ。

その感覚は心地よかった。

たぶん、何日か前にひと雨あったのだろう。ちょうどいい湿り具合だった。

もっと地面が乾いていたら、足の運びに砂ぼこりがたち、わたしは少しせきこんで、不快な気分になっていただろう。反対に、もっと地面が水気を含んでいたら、泥に靴をとられたり、濡れた草ですべったりして、わたしはいらだっていたかもしれない。

さくっ。さくっ。

けれども、何日か前の降雨のおかげで、わたしの足と地面はこんなにも相性がいい。

さくっ。さくっ。

足もとの感覚の心地よさに、わたしは日差しの変化へのとまどいを忘れた。不整形の地面を歩くわずらわしさを忘れた。目に映る景色も、風が運んでくる土と緑の匂いも、その風がたてる雑多な音も、自然でなじみ深いものに感じはじめた。

ただひとつ、なじめずにいたのが、肌にあたる感触だった。

この世界に移る前に、わたしは規則にしたがって、帽子や靴から下着にいたるまで、身に着けるものをすっかり取り替えていた。

帽子は麻で、靴は革、衣服はすべて綿でできている。おまけに、この世界に合わせて、繊維も縫い目も粗《あら》い〝手作り〟の品だ。しなやかで、軽くて、伸縮性にすぐれた合成繊維に慣れていたわたしの皮膚は、あらゆる箇所で、天然素材への違和感を示していた。

じんわりと汗がにじんでくると、違和感に不快感が加わった。いずれもかすかな感覚で、大した不具合ではないのだが、この感覚が消えないかぎり、わたしはこの世界の住人になりきれていないわけだ。

任務を果たすのに、そんなことは障害にならないと言う仲間もいる。しかし、わたしはだめだった。できるだけ早く、慣れたい。同化したい。それでこそ、質の高い仕事ができるのだと信じている。

多少の摩擦はかえって健康にいいんだぞと、わたしは肌に言い聞かせた。

けれども皮膚感覚というものは、視覚や聴覚ほど大脳のことばに従ってくれない。むしろ、そうやって意識したことで、ますます気になってきた。

ふうと、小さなため息が出た。

その息は、冬の寒い日に管楽器を演奏しようとして、まずは冷えきった楽器をあたためるために、中にそっと吹き込むものに似ていた。

もう一度、今度は意識的に、わたしは幻の楽器に息を流し入れた。その流れを保ったまま、のどと唇を引き締めた。そうして、わたしが持っていた唯一の楽器を鳴らした。

すなわち、口笛を。

最初は音階を、それから、いくつかの曲を吹いた。いったんやめて、呼吸を整え、心をしずめてから、頭に浮かんだメロディを音にした。

気に入って、繰り返し、少し直して、また吹いた。

静かで、しっとりとした曲だった。テンポも、のんびりと歩くわたしの足の下の〈さくっ。さくっ〉に合わせた、ゆるやかなもの。

けれども、子守り歌の曲調ではなかった。眠りのための音楽ではなく、エネルギーをゆっくりと解き放つときの――人が立ち上がって大きくのびをするときの、あるいは、植物が土の上に芽を出したり、つぼみを開かせたりするときの――つまりは、土と同じ匂いの曲。

三度目を吹きおえてまもなく、わたしは坂をのぼりきった。

行く手には、大パノラマが広がっていた。

ここまでの坂よりもさらになだらかな、長い長い下り坂の先に、大平原が横たわっている。

青く光る川の流れが、その中央を横切っていた。川にそって並木がつづき、平原のあちこちに、林や森が散在していた。

緑の大地は、ずっと遠くで丘の連なりにふちどられ、その向こうには、山並みが青くかすんでいる。

季節は、夏が終わって秋が始まろうとしているところ。いちばん高い丘の上あたりに紅葉《こうよう》らしき彩りが見られたが、平原の緑はまだ鮮やかで豊かだった。

一幅の絵のような風景に思う存分見とれてから、細部に目をこらすと、川ぞいの並木の下には土の道がのびていた。平原には、田畑や牧草地がちらばっていた。よくよく見ると、畑の脇などに人家が点在している。

大パノラマに、人の営みが溶け込んでいた。

「ああ」と、わたしは声をもらした。何かに感動していたのだ。その「何か」とは何だろうと、自分の気持ちを表現することばをさがしかけて、やめた。

思えばここに着いてから、わたしは大脳の言語野《げんごや》を、つねに忙しく活動させていた。

それが何より、わたしがここの住人になることを妨げていたのに。ここではただ、感じればよかったのに。

わたしは地面に腰を下ろした。両足をのばして、両手を尻の少しうしろにつき、景色をながめた。

風が吹いていた。ときに強く。ときに優しく。

風が吹いていた。雲が流れていった。

やがて、頭がからっぽになった。わたしは立ち上がり、からだが命じるままに腕を伸ばし、身をよじって、ストレッチ運動をした。

それから、踊った。

花園家の人々　1　ハラン

なんて、ちっちゃなお日さまだろう。

ちっちゃくって、ちっとも光っていなくって、じっと見てても、目がいたくなったりしない。

くらーい空の中に、ずぶんとしずんじゃいそうになっている、ただ白いだけのちっぽけな丸は、お日さまっていうより、焼いた魚の目玉みたいだ。

母さんが焼いた魚は、にがい。それに、食べようとすると、小さな骨が口の中をちくっとさす。

だからぼくは、母さんの焼いた魚が、きらいだ。

レントのうちで食べたやつは、おいしかったなあ。むしってあって、骨なんかぜんぜんなくて、ふわふわで、ちっともにがくなかった。

母さんも、あんなふうに、じょうずに焼いてくれたらいいのにな。

ううん。むしって、骨をどけてくれるだけでいい。そしたら、安心して食べられるから、そんなにいやじゃなくなるのに、お願いしたら、だめだっていわれた。ぜったいに、だめって。

母さんって、どうしてあんなに、がんこなのかな。やさしいときもあるけど、食事のことだと、どうしようもなく、がんこになる。

ああ、空がますます、いやーな色になってきた。なんていうか……どんよりして、暗くって、もう、お日さまがどこにあるかもわからない。

風がぬるっとして、きもちわるい。どうしよう。きっと、もうすぐ、雨がくる。

首がいたくなってきた。ずっと窓を見上げてるせいだ。

窓からは、空しか見えない。納屋《なや》の二階の窓は、少し高いところにあるんで、立ち上がって近くにいかないと、空のほかはなんにも見えないんだ。そしてぼくは、ひざをかかえて、床にすわっている。

でも、それでいいんだ。だってぼくは、空をみはるために、がたがたゆれるはしごをのぼって、ここにやってきたんだもの。

やだなあ。どんよりした空はそのまんまだけど、その下に、黒い色をした雲がやってきた。ぐちゃぐちゃの形のああいうやつは、ぜったいに、雨をふらせるんだ。

いくらみはっていても、空はどんどん、いやーな感じにかわっていく。

「くるな。雨、くるな」

つぶやいてみたけど、黒いぐちゃぐちゃの雲は、ふえるばっかり。

けっきょく、ぼくにはなんにもできないんだ。

母さんが焼いた魚を食べたくないっていっても、ぜったい、むりやり食べさせられる。

空をしっかりみはっていても、雨がくるのをとめられない。

「いたいっ」

しらないうちに、ぼくは、自分の足をつねっていた。ひざのうらのちょっと下の、やわらかいところを。

どうして、そんなことしたんだろう。

もしかしたら、なんにもできないわけじゃないって、たしかめたかったのかな。「いたいっ」て声が出ちゃうくらい強く、自分の足をつねることならできるって。

でも、それって……、

「ばっかみたい」

ナズ姉ちゃんのまねをして、つんとした顔でいってみた。

よけいに、ばかみたいなことをしている気分になった。

つねったところをさすってみた。ばかみたいな気分はすこしおさまったけど、こんどは悲しくなってきた。

これもみんな、パン屋のおばさんが悪いんだ。

ぼくはときどき、学校の帰りにパン屋さんによる。

朝ごはん用のパンを買うのは、ふつうは、セージ兄ちゃんかナズ姉ちゃんの役目なんだけど、ときどき、よくわからない理由で、ぼくが行かなきゃいけなくなる。

この前は、セージ兄ちゃんに、こわい顔でいわれたんだ。

「夜中におまえにけとばされたせいで、腹がいたい。家族みんなのぶんのパンを、家まで運んだら、もっといたくなるかもしれない。これは、おまえのせいだから、今日の買い物は、おまえがやるんだ」って。

兄ちゃんがいうには、ぼくは寝ぞうがとっても悪くて、しょっちゅう兄ちゃんをけったりぶったりしているらしい。

ほんとうかな。ぼくは、兄ちゃんとちがって、夜中に目がさめたりしないから、ほんとかどうか、わからない。

だけど、いやだっていっても、むだなんだ。兄ちゃんは、ぼくより八つも年上で、ぼくよりずっと背が高くて、力も強くて、たくさんことばをしっていて、さからっても、ぜったい、ぜったい、かなわない。

だからぼくは、そういうとき、お使いがいやだなとか、思わないことにしている。どうせ、やらされるなら、それでもいいやと思わなきゃ。

ぼくは、パンのにおいが好きだ。だから、パン屋さんに行くのは好きだ。

パン屋のおばさんと、お話しするのも好きだ。パン屋のおばさんは、いつも笑っていて、元気がよくって、おばさんに会うと、おいしいパンをよくかんで食べたあとみたいに、からだがあったかくなる気がする。

だけど、あの日はちがったんだ。

「雨なんて」

あの日、ぼくがお店に入っていったとき、おばさんはそういった。

いつもとぜんぜんちがう感じの声だったから、ぼくは「こんにちは」っていいそこねた。

ぼくは背が低いから、あいさつしないでお店に入ると、たいがい、気づいてもらえない。

おばさんは、カウンターの向こうがわに立っていた。カウンターのこっちがわには、背中しか見えないから、だれだかよくわからないおじさんがいた。

おばさんは、「雨なんて」といったあと、くしゃみをする前みたいな、はなの上にしわをよせた顔で、いった。

「わたしは、きらいだよ」

「どうしてさ」

男の人がしゃべったんで、だれだかわかった。鍛治屋《かじ》のおじさんの弟だ。

名前は、トウヤさん。鍛治屋のおじさんが、しょっちゅう「トウヤ」ってどなっているから、しっている。

トウヤさんは、お兄さんといっしょに鍛冶屋をやっているんだけど、サボってばかりいるから、いつまでたっても「半人前」だって、村のみんなはいっている。若いころに五年くらい、家を出て「ホウロウ」していたことがあって、だからよけいに、仕事が「手についていない」――たぶん、へたくそって意味だと思うけど――誰かがそんなことをいっているのを聞いたこともある。

でも、トウヤさんはおもしろい話をたくさんしっていて、たまに、ぼくたちに話してくれる。村に週一回やってくる紙芝居屋さんに負けないくらい、じょうずに話してくれるから、ぼくたちは、トウヤさんが大好きだ。これからも、仕事をサボって、ぼくたちと遊んでくれるといいなと思う。

トウヤさんは、「どうしてさ」といったあと、うさぎがぼうけんする物語を話してくれたときみたいな声で、パン屋のおばさんにいった。

「雨がきたら、楽しいじゃないか。オレは、雨にきてほしいと思っているよ」

「わたしは、きらいだよ。だって……雨は、家族をつれてっちまう」

「ええっ」

と、トウヤさんは笑った。じいちゃんが、父さんや母さんや兄ちゃんや姉ちゃんに、よくやるように。

じいちゃんは、とっても学問があるんだって。だから、父さんたちの話に、へんなところがあったら、すぐに気がつく。そして「ええっ」と笑うんだ。

じいちゃんに、そんなふうに笑われると、父さんも母さんも兄ちゃんも姉ちゃんも、しゅんとした顔になる。

父さんは、そのあと、少し高くなった声で、ちがう話をはじめる。母さんは、もじもじしながら、きゅうに用事を思い出して、ほかの部屋に行ってしまう。兄ちゃんは、口をとがらせて、自分がどうしてそんなことをいったのか、「説明」をはじめる。姉ちゃんにいわせれば、それは「いいわけ」ってものらしいけど。

そういう姉ちゃんは、じいちゃんに「ええっ」と笑われて、しゅんとしても、すぐに元気な顔になって、にっこりと笑う。そして、「あはっ。あたし、まちがえちゃった」とベロを出すんだ。

そうすると、じいちゃんは、いつもよりやさしい感じの顔になる。

一回だけ、そのまねをしたことがある。

姉ちゃんに、「ばっかみたい」といわれたとき、「あはっ。ぼく、まちがえちゃった」って、ベロを出してみたんだ。

姉ちゃんは、やさしい顔にはならなかった。その反対に、いつものつんとした顔から、どうしようもなくうんざりしたって顔になって、「ばーか」といった。

ほんとだよね。いま思い出しても、顔がかーっとあつくなる。

そういう「思い出」が、ぼくにはたくさんある。

どこにいても、思い出すだけで、そこにいちゃいけないような気分になって、消えてしまいたくなって、そうできないことがくやしくて、もぞもぞして、いらいらしてしまうことが。

つまり、それは、はずかしいってきもち。

「はずかしい」って、「かゆい」とにているところがあると、ぼくは思う。

なんていうか……「かゆい」って、「いたい」よりもつらくないはずなのに、「いたい」より、がまんするのがむずかしかったりする。

「はずかしい」も、「悲しい」ほどつらくないし、「悲しい」ときみたいにわーっと泣いてしまうことにはならないのに、だからかな、どうやってがまんしていいかわからなくて、「悲しい」ときとべつの、へんなつらさがある。

だから、はずかしかったことは、できるだけ思い出さないようにしているんだけど、ひとつを思い出すと、ほかのものまでいっしょになってやってきて、息をするのもくるしいくらいになることがある。

いやだなあ。どうして、ぼくは、こうなのかな。

それに、ぼくはまだ七つ。それでこんなにたくさん、はずかしい思い出がある。

ナズ姉ちゃんの年になるころには、どれくらいふえているだろう。セージ兄ちゃんくらい大きくなったら、思い出したときにぞろぞろ出てくる「はずかしい」が、たくさんになりすぎて、死んじゃうんじゃないかな。

ほかの人たちは、どうしているんだろう。ぼくとちがって、はずかしいことが、あんまりないのかな。

そんなこと、ないよね。

だって、父さんや母さんや兄ちゃんや姉ちゃんが、じいちゃんに「ええっ」と笑われたときのしゅんとした顔。あれは、はずかしいときの顔だ。

もしかしたら、「はずかしい」も、たくさんたまりすぎると、忘れてしまえるのかな。それとも、大きくなると、はずかしいってきもちになっても、そんなにつらくなくなるのかな。

いつ、ぼくは、そうなれるかな。どうやったら、トウヤさんやパン屋のおばさんみたいに、いつでも明るく笑っていられるようになるのかな。


ああ、だけど、あのときは――あのときだけは、パン屋のおばさんは笑っていなかった。トウヤさんに「ええっ」と笑われても、しゅんとしようがないほど、最初からしゅんとしていたんだ。

おばさんは、ちょっとだけこまったように首をかしげてから、まぶしいときみたいに目を細くして、こういった。

「そりゃあ、直接つれていくわけじゃないし、いつもってわけじゃないけど……」

そこでごくんとつばをのむと、おばさんは、ものすごくまじめな顔になって、つづけた。

「雨は不吉だよ。雨がくると、覚悟をしなけりゃいけない。家族がひとり、へることを」

ぼくは、しらないうちに、ゆっくりとあとずさりしていた。そのあいだ、トウヤさんが何かしゃべっていた気がするけど、何をいってたのか、ぜんぜんおぼえていない。

あとずさりしたまま、お店を出た。立っていられなくなって、しゃがみこんだ。自分のうでを、ぎゅっとにぎった。

「雨は不吉だよ。雨がくると、覚悟をしなけりゃいけない。家族がひとり、へることを」

そういったパン屋のおばさんの声は、紙芝居で見た、〈ほろびの予言〉をした魔女に、そっくりだったんだ。

ううん。声が同じだったはずはない。だって、紙芝居のせりふは、みんな、紙芝居屋のおじさんがしゃべっている。だから、魔女の声もおじさんの声だったはず。

だけど、魔女の予言はとってもおそろしかったから、夜、ねるとき、ふとんの中で目をつぶると、どこからか聞こえてくるような気がして、となりにねている兄ちゃんにしがみついたことが、何回かある。

そのとき聞こえてきたのは、紙芝居屋のおじさんの声じゃなくて、魔女の声だった。女の人の元気のない声なのに、風がうなるときみたいなひびきのある、「不吉」な声。

それとおんなじしゃべりかたを、パン屋のおばさんはしたんだ。

ぼくは、ふるえそうになるのをがまんして、お店の外でしゃがんだまま、何回も大きく息をした。そうしていたら、だんだんと、胸のところが楽になってきた。自分のうでをぎゅっとにぎっていなくても平気になった。そんなふうにしゃがんでいるのが、はずかしくなった。

立ち上がって、両手をぐーにして、力を入れた。早く帰らないと、母さんにおこられると思った。

「こんにちは」

大きな声であいさつしながら、パン屋さんに入った。

「あら、ハラン。今日もお使い？」

おばさんは、いつもの元気のいい声で笑った。

家族六人の三日分のパンは、重たいっていうより、荷物が大きくなるから、もって歩くのがたいへんだ。兄ちゃんや姉ちゃんにお使いをおしつけられたときは、いつも、しんどいなあと思いながら、がんばって歩かなきゃいけないんだけど、このときはちがった。気がついたら、家の近くまできていたんだ。

たぶん、歩いているあいだじゅう、考えごとをしていたからだ。

「雨は不吉だよ。雨がくると、覚悟をしなけりゃいけない。家族がひとり、へることを」

おばさんの「予言」は、思い出すたびにこわくって、最初はただ、「こわかったなあ」

「あのおばさんが、あんな声でしゃべるなんて、びっくりしたなあ」なんてことばかり考えていた。

そのうちに、あれ、おかしいな、と思った。

雨って、「ふる」ものだけど、「くる」ものじゃないよね。「雨がくる」なんてへんないい方、おばさんみたいなおとながするのは、おかしいな。

ぼくが、聞きまちがえたのかな。

ううん、ちがう。だって、トウヤさんは、こういった。

「雨がきたら、楽しいじゃないか。オレは、雨にきてほしいと思っているよ」

だからやっぱり、おばさんは、雨が「くる」っていったんだ。

おかしなことは、ほかにもある。

雨がふったことは、これまで何回もある。数えきれないくらい、何回も。

だけど、そのせいで家族がへったなんて話、聞いたことがない。ぼくのしってる人が、雨のあとで急にいなくなったりしたことも、ない。

おばさんは、なんであんなことをいったんだろう。

じょうだんかな。それとも、うさぎがぼうけんする話みたいな、物語の中だけの、うそっこの話かな。

ちがうよね。

だって、おばさんは、とってもまじめな顔をしていた。まじめっていうより、おばさん自身が、ほんきでこわがってる感じの。

だから、ぼくも、こわくなったんだ。しらないうちに、あとずさりしてしまったんだ。
もしかしたら、ふつうの「ふる」雨とべつに、「くる」雨があるんじゃないかな。
だとしたら、それは、きっと、あいつだ。目がさめたらいつのまにか静かにふってい
る雨とか、いきなりざーっときて、木の下なんかにかけこむ前に、びしょぬれになっち
ゃうようなのとちがって、ふりだすずっと前から、「くるぞ、くるぞ」ってわかるやつ。
最初に、村と反対のほうの空が、いやーな感じに暗くなる。やだな、やだなってぞく
ぞくしているうちに、へんなふうにあったかい、きもちのわるい風がふいてくる。それ
から、暗い空の下に、ぐちゃぐちゃの形の黒い雲があらわれる。
そんなふうに、ゆっくり、ゆっくり、やってくるやつ。
だって、おばさんが、あの「予言」をしたときの顔は、そういうときの空の感じとよ
くにていた。
人の顔と空がにてるって、へんかな。
だけど、もしも、おばさんの「予言」を紙芝居にしたら、うしろにはぜったいに、お
日さまが焼いた魚の目みたいになっちゃう暗い空と、ぐちゃぐちゃの形の黒い雲が、か
いてあると思うんだ。
だから、きっと、おばさんやトウヤさんがいっていた「くる」雨は、あいつのことだ。
そして、そういう雨がきてしまったら——。

「覚悟をしなけりゃいけない。家族がひとり、へることを」

おとなのこういういいかたが、どういう意味かを、ぼくはしっている。おとなは、いいたくないことをいうとき、別のことばを使うんだ。そして、そのことばの前に、へんなあいだをあける。

おばさんは、「へる」の前で、そうした。だから、ぼくにはすぐわかった。おばさんはきっと、ほんとうは、こういいたかったんだ。

「雨がくると、覚悟をしなけりゃいけない。家族がひとり、死ぬことを」

だって、へるってことは、いなくなるってことだ。ふつうにいなくなるのなら、そういえばいいのに、わざわざべつのことばを使うほど、いいたくない「いなくなる」は、きっと、そういうことなんだ。だからおばさんは、あんなにこわがっていたんだ。

虫や動物が死ぬように、人間も死ぬってことを、もちろんぼくはしっている。

じいちゃんは、年よりだから、きっと、いちばん早く死んでしまう。

父さんや、母さんだって、いつかは死ぬ。

兄ちゃんや、姉ちゃんも。

ぼくだって。

……ほんとうは、ちゃんとわかってないんだと思う。

だって、人が死ぬことを考えると、こわい気もするけど、それよりも、ふしぎな感じがする。

死んだ人は、もう息をしない。しゃべらないし、食べないし、笑わないし、おこらない。からだは燃やされるから、形もなくなって、ほんとうに、「いない」人になってしまう。

だから、死んだ人には、もう二度と会えない。

もう二度と。

そこが、わかるようで、わからない。

ぼくのばあちゃんは、父さんが子どものころに死んだんだって。だから、ぼくにとってばあちゃんは、最初からいなかった人で、会えなくてさびしいとか思わない。

しってる人で、死んじゃって、もう二度と会えなくなった人は……水車小屋のおじいさんくらいかな。

水車小屋は、学校へ行くとちゅうにあって、朝とおるとき、おじいさんはいつも、「おはよう、ぼうずども」って、大きな声を出しながら手をふった。

ぼくは、学校に行きはじめたばっかりで、歩くのもおそくって、村までの道が、とっても遠くてしんどかったから、おじいさんの「おはよう」を聞くと、ああ、もう半分以上きたんだなと思って、元気が出た。

そのうちに、学校までの道なんてぜんぜん平気になって、水車小屋のあたりなんて、走ってとおりすぎながら、おじいさんの「おはよう」に、「おはようー」って、大声でこたえられるようになったころ、おじいさんは、とつぜん、死んでしまった。

夜中に、心臓の具合がおかしくなって、そのまま動かなくなってしまったんだって。

おじいさんは、ひとりで住んでいたから、そのことに、だれも気がつかなくて、だからどうしようもなかったって、父さんがいっていた。

「すぐに、だれかが気づいてたら、〈救いの天使〉に助けてもらえたのに」

リオはそういって、少し泣いた。リオは、水車小屋のおじいさんのことが、大好きだったんだ。

「〈救いの天使〉なんて、いるもんか。あんなの、うその話じゃないか」

いじめっ子のソウマが、リオをこづいた。ソウマだって、紙芝居で〈救いの天使〉の話を見たときには、ぽかんと口を開けてたくせに。

でも、ぼくもやっぱり、あれはうその話かなと思ってる。

高いところから落ちて、血がいっぱい出る大けがをして、死にそうになった人を、友だちが助けようとする――あの紙芝居は、そんなお話だった。

えーと、友だちは、どうやって〈救いの天使〉を呼んだんだっけ。紙芝居屋のおじさんは、そこのところをちゃんと説明してくれなかった気がするけど、とにかく、呼んだんだ。

そしたら、空の高いところから、白いものがおりてきた。

それは、「この世のものではない」から、びっくりするくらい大きくて、まわりでは

〈風の妖精〉が踊りくるっている。そのせいで、近くにある木の枝は、折れてしまいそうになるし、葉っぱや、地面にころがっている小石まで、風といっしょに踊りまわる。嵐よりも大きな音が、まるで耳をふさいでくるように、とどろいている。

友だちは、そのすごさにびっくりして、林の中に逃げこんだ。すると〈救いの天使〉は、死にそうになっている人を抱き上げて、空のかなたにつれていってしまった――。

あのときは、それからどうなるのか、ほんとうに、どきどきしたなあ。

でも、だいじょうぶ。しばらくしてから、その人は帰ってくるんだ。あんなにひどいけがをしたのがうそみたいに、すっかり元気になって。

だって、〈救いの天使〉は、「この世のものではない」から、ほんとうだったらなおらないような、ひどいけがや病気も、なおしてしまうことができるんだ。

うそっこの話だとは思うけど、ほんとうにいたらいいな。ぼくだって、木のぼりしていて、落ちそうになることとか、あるし。


ほんとうにいたとしても、水車小屋のおじいさんの場合、〈救いの天使〉を呼んでくれる人はいなかった。おじいさんは、ひとりで死んでしまった。

村でおそうしきがあったけど、ぼくは行かなかった。兄ちゃんや、姉ちゃんも。

うちからは、父さんが手伝いに行っただけだった。

その日から、水車小屋のところをとおっても、おじいさんはいなくって、「おはよう」

の声は聞こえなくて、ぼくにはそれが、さびしいっていうより、ふしぎな感じがした。ものたりない……っていうのかな。夕ご飯にお味噌汁がついてないときみたいな。おもらしをしてしまったのを母さんにばれないように、自分でパンツを洗って、かわくまで、パンツなしでズボンをはいていたときみたいな。

水車小屋のおじいさんは、朝「おはよう」っていうだけの人だったから、それですんだ。そのうちに、水車小屋のところにだれもいないのが、あたりまえになった。「しってる人で、死んじゃってもう会えなくなった人はいたかなあ」って考えて、やっと思い出せたくらい、おじいさんのことは忘れていた。

でも、これが「家族」だったら、どうなんだろう。

たとえば、兄ちゃんが死んじゃって、あしたからいなくなってしまったら……。

ちょっと、うれしいかもしれない。

だって、ベッドをひとりじめできるし、「なに、ぐずぐずしてるんだ」って、こわい顔をされることがなくなるし、母さんのつくったおやつを、姉ちゃんとふたりだけで分ければよくなるし、いきなり、ぽかってなぐられることもなくなる。

うん。いいことばっかりだ。

あーあ、兄ちゃんって、どうしてあんなにいじわるなんだろう。前は、あんなじゃなかったのにな。

ぼくが泣いていたとき（どうして泣いたんだろう。ぜんぜんおぼえていないや）、「よし、よし。こわくないぞ」って、ぎゅっとだきしめてくれたこともある。そのときぼくは、母さんがそうしてくれたときとおんなじくらい、安心できた。

学校に行きはじめたころだって、ずっといっしょに歩いてくれて、ぼくがどうしようもなくつかれたときは、おんぶしてくれた。

木のぼりをして、おりられなくなったとき、助けてくれたこともあったなあ。

いまだって、きげんがいいときは、わからないことを聞いたら、姉ちゃんよりずっとやさしく教えてくれる。

……やっぱり、兄ちゃんがいなくなるのは、いやかな。

兄ちゃんは、いつもはいじわるでも、どうしようもなくなったときに助けてくれる人で、だから、いなくなったら、ぼくは、いろんなことが、いまよりずっと、こわくなる気がする。

それに、考えてみたら、兄ちゃんがいなくなったら、こまる。

だって、兄ちゃんは、父さんの手伝いをたくさんしている。薪《まき》を運んだり、草を刈ったり、干し草を納屋にもっていったり。

兄ちゃんがいなくなったら、そういうことをみんな、ぼくがやらなきゃいけなくなるんじゃないかな。

ぼくは、兄ちゃんみたいに、一度にたくさんの薪を運べないし、草刈り鎌もうまく使えない。だから、兄ちゃんのかわりをしようと思ったら、きっと、うんと時間がかかる。遊ぶひまなんて、ぜんぜんなくなっちゃうかもしれない。

だからって、ぼくが手伝わなかったら、父さんがたいへんだ。

やっぱり、ベッドをひとりで使えなくても、兄ちゃんにはいてもらわないと。

どうせ、ぼくは、兄ちゃんのせいで夜中に起きちゃうことはないし、紙芝居がこわいお話だったとき、昼のあいだは平気でも、夜になると、おばけとか魔物とかが部屋のすみにかくれていそうで、ふるえてしまうことがある。そんなときは、兄ちゃんにぎゅっとしがみつく。兄ちゃんはいやがるけど、しがみついていると、安心してねむれる。

……ああ、そうだった。思い出した。ぼくはいまだって、ひとりで寝たいと思ったら、そうできるんだ。

玄関の横の、物置きにしている小さな部屋。あそこを片づけたから、おまえの部屋にしていいぞって、どれくらい前だったかな、父さんにいわれた。

最初はうれしかったんだけど、夕方になって、村と反対のほうの空がまっ赤になって、ひやっとする風がふいてきたとき、心細くて泣きたくなった。

ひとりの部屋がもらえるってことは、夜になったら、まっ暗な中で、ひとりで寝なきゃいけないってことだ。

そう気づいたら、そんなのむりって、ぼくは思った。

だから、父さんにいったんだ。

「あんな窓のない部屋はいやだ」

父さんは、あごをなでながら、

「そうだよな。窓のない部屋は、健康にわるいよな」

といった。それで、いまも、物置きは物置きのままになっている。

そうだった。ぼくはひとりで寝たいと思ったら、いまでもそうできる。ただ、夜、兄ちゃんといないとだめだから、いっしょにいるだけだったんだ。

どうして、こんなだいじなことを忘れてたんだろう。ぼくって、ほんと、忘れっぽい。

母さんに、暗くなる前に帰りなさいって何度もいわれて、そうするつもりでいたのに、小川でメダカをすくっているうちに、すっかり忘れてしまって、まっ暗になってから、「しまった、早く帰らなきゃ」って走って帰って、しかられたり。

お使いをおしつけられたせいかな。だから、兄ちゃんなんて、いないほうがいいって思っちゃったのかな。

これからは、忘れないようにしよう。ぼくには兄ちゃんが必要なんだってことを。

ナズ姉ちゃんだったら、いいかな。姉ちゃんなんて、たいして手伝いをしていないし、ぼくを助けてくれることも、ほとんどない。

うん。姉ちゃんだったら、いなくなってもいいや。……いなくなったほうが、いいや。姉ちゃんなんて、いつもつんつんして、すぐにぼくのことをばかにするから、ぼくは、ナズ姉ちゃんがそばにいると、からだのどこかがびくびくしてしまう。

姉ちゃんがいなくなったら、いまよりも、のんびりすごせる気がするな。

たとえば、朝、着がえをして、顔を洗って、食堂に行ったら、そこには姉ちゃんがいない。

「また、ハランったら、ボタンをかけまちがえてる」

なんて、いやーな目つきでいわれて、あわてて直そうとすると、指がもつれてうまくいかなくて、けっきょく母さんに直してもらって、そのあとで食べる朝ごはんは、いつもと同じものなのに、ちっともおいしくない――なんてことも、なくなる。

うん。姉ちゃんがいないと、いい感じに一日がはじまりそうだ。

それから、学校に行って、学校から帰って、畑の世話のお手伝いをして……それから、どうしよう。

兄ちゃんは、上の学校に行くようになってから、帰りがおそいし、帰ってからも手伝いでいそがしい。そうじゃないときだって、「子どもと遊んでるひまはない」って、ほとんど相手にしてくれない。

レントかリオの家に行ってもいいけど、遠いから、毎日ってわけにもいかない。

ひとりで裏の森に行って、リスの巣穴を見つけたら、ぼくはそれを、だれにいえばいいんだろう。

リスの巣を、こっそりのぞけるいい場所を見つけて、巣の中には赤ちゃんリスがいたりしても、ひとりで見てるんじゃ、きっと、つまんないだろうな。

姉ちゃんがいなくなったら、きげんのいいときにひとりで歌っているのも、聞けなくなるよね。姉ちゃんの歌、けっこう好きなんだけどな。

ときどき、母さんとふたりで歌うこともあって、それを聞くのは、もっと好き。

……たぶん、姉ちゃんが死んじゃったら、母さんは悲しむよね。とっても、とっても、悲しむよね。

それに、姉ちゃんがいなくなったら、母さんは、うちのなかでたった一人の女の人になってしまう。それって、さびしいんじゃないかな。そんなさびしい母さんを見るのは、いやだな。姉ちゃんに「ばーか」っていわれるのの、百倍いやだな。

つまり、やっぱり、姉ちゃんも、死んじゃだめなんだ。


父さんや母さんは、もちろん、ぜったいぜったい、死んじゃだめだ。そんなの、考えるだけで泣きたくなる。

でも、じいちゃんだったら？

じいちゃんは、いつもうちの中でいばっている。だから、いなくなったら、みんな、ほっとするんじゃないかな。

いばっていてもいっても、じいちゃんは、学校の先生みたいないばりかたは、しない。レントのことを、よくいじめる、ソウマみたいないばりかたもしない。

命令したり、どなったりってことは、あんまりない。というか、じいちゃんは、あんまりしゃべらない。ぼくなんか、もう一週間くらい、じいちゃんと話をしてない気がする。

もともと、じいちゃんからぼくに話しかけてくることは、ほとんどないし、ぼくからじいちゃんに話しかけるのは、母さんにいわれて、「ごはんができたよ」って呼びにいくときくらいだ。

それだけじゃない。じいちゃんは、ぼくがじいちゃんの前で、うっかりへんなことをしゃべっても、「ええっ」と笑ったりしない。ぜったいに。

ぼくは、家族の中でいちばんたくさん、へんなことをいっていると思うんだ。だって、いちばん小さいんだもの。

だから、姉ちゃんなんて、しょっちゅうぼくに「ばーか」っていうし、兄ちゃんや、父さんや母さんにまで、あきれた顔をよくされる。

それなのに、じいちゃんは、ぼくを笑ったことがない。

それはきっと、じいちゃんが、ぼくのいうことは、いつだってへんだと思ってるからなんだ。だから、いちいち笑っていられない。というか、いちいち聞いていられないんだ。じいちゃんにとって、ぼくなんか、屋根の上でピーピー鳴いている小鳥といっしょなんだ。

べつに、じいちゃんに笑われたいわけじゃないけど……。父さんだって、しゅんとなるくらいだから、ほんとうにじいちゃんに、「ええっ」て笑われたら、アリンコよりも小さくなっちゃいたいくらい、どうしようもないきもちになると思うけど……。

じいちゃんのいばりかたは、牧場で〈ミドリ〉がいばっているのににている。〈ミドリ〉は、よく子どもをうむし、よくお乳を出すんで、父さんがいちばんだいじにしている牛だ。それに、うちでかっている五頭のなかで、いちばん年をとっている。だからかな、〈ミドリ〉が歩くと、ほかの牛は、〈ミドリ〉のじゃまにならないところによける。草を食べてるとちゅうでも。

〈ミドリ〉は、「じゃまだ、そこどけ」みたいな顔はしない。そんな鳴き声もあげない。ただ、のっそりと、自分の行きたいところに行く。そしたら、みんなが自分から、よそに行くんだ。

じいちゃんは、うちの中でそんなふうだ。

じいちゃんは、〈ミドリ〉とちがって人間だから、少しはしゃべるけど、「じゃまだ、そこどけ」とはいわずに、いつでも部屋の中のいちばんいい場所にすわっている。じいちゃんのひとことで、みんなが「いやだな」って思ってることが、決まってしまうこともある。

たしか、朝はパン、昼と夜はご飯っていうのも、じいちゃんが決めたんじゃなかったかな。父さんは、ほんとは朝からお米が食べたい人みたいなのに。

そこまで考えたとき、桜の木がたくさん生えているところをぐるりとまわって、見晴らしのいいところに出た。そこからはもう、うちの赤い屋根が見える。

あと少しだと思ったら、荷物がきゅうに重たくなった感じがした。

パンのふくろをおろして、その上にすわった。

こんなところをだれかに見られたら、きっと、おこられる。でも、おこられるとわかってることを、こっそりするのって、けっこう好き。

うちの赤い屋根を見ていると、早く帰りたいような、ずっと見ていたいような、へんなきもちになった。それから、おかしなことを考えた。

うちから屋根がなくなったら、どうなるかなって。

屋根がなくなったら、雨がふったらぬれちゃうし、風がはいってきて、いろんなものがとばされるし、鳥とか虫もはいってくる。

でも、そういうことがおこらなくても……つまり、屋根は見えなくなるだけで、こまったことは何もおこらなくても、うちから屋根が消えちゃったら、うちがうちじゃなくなったような、落ち着かない気分になるんじゃないかな。

おしりの下が、もぞもぞした。

パンのふくろは、ごつごつしているし、ほんきですわるとパンがつぶれてしまうから、おしりをうかせたようなすわりかたをしなくちゃいけない。それで、おなかのへんとか、足くびの上のほうとかの、歩いているときとべつのところがつかれてきた。

ぼくは、立ち上がった。そして、思った。

うちからじいちゃんがいなくなったら、屋根がなくなったときとおんなじように、うちがうちじゃなくなった感じがするんじゃないかな、って。

じいちゃんは、半年前にひざを悪くしてから、あんまり力仕事をしていない。だから、いなくなってこまることは、そんなにない。

それなのに、じいちゃんがいないうちの中を想像したら、背中のあたりがぞわぞわっとした。みんなが、いまとおんなじことをしていても、なんだかばらばらになっちゃうような気がするというか――。

それに、じいちゃんが死んでしまったら、ぼくはじいちゃんに、一度も「ええっ」と笑われないままになってしまう。

笑われたいわけじゃないけど……ぜったいに、そういうわけじゃないんだけど、へんなことをいったら「ええっ」と笑ってもらえるくらい、じいちゃんに、ぼくの話をちゃんと聞いてほしかったなって、じいちゃんが死んだら、ぼくは思うと思うんだ。

たぶん、もうちょっとなんだ。もうちょっと、ぼくが学校で勉強して、いろんなことをおぼえて、背ももうちょっとは高くなって、そうしたら……。

そのとき、ぼくは、人が死ぬってことが、わかった気がした。「もう二度と会えない」ってことの意味が。

それは、いろんなことを、かえられなくなるってことなんだ。

「あ、こいつ、少しはおとなになったな」って思ってもらうことが、もうぜったいに、できなくなる。

けんかをしていた相手には、あやまることができなくなる。

「いつかいっしょに、あの山にのぼろうね」って、やくそくした相手が死んでしまったら、そのやくそくを守ることは、どんなにがんばっても、むりになる。

そんなことを考えていたら、泣いてしまいそうになったんで、ぼくは、パンのふくろをもって歩きはじめた。

だれも死んじゃだめだと思った。

ぼくの家族は、だれも、ぜったいに、死んじゃだめなんだ。

雨がくるのがこわくなった。

ゆっくりゆっくりやってくる、あのいやーな感じの雨が、今度やってきたら、うちのだれかが死ぬような気がして、こわくてこわくてたまらなくなった。

これまでにも、あんな雨はふっていて、それでこの村でだれかが死んだわけじゃないけど、ぼくがしらないだけで、となりの村では死んでいるのかもしれない。そして、この次は、この村の番かもしれない。その中でも、うちの番かもしれない。

そう思ったら、どんどんどんどん、そうとしか思えなくなって、うちに着いて、母さんの顔を見たとたん、「うわあ」って泣きだしてしまった。母さんは、お使いがつらかったせいだと思ったみたいで、あとで兄ちゃんがしかられていた。

母さんのおなかにしがみついて、わあって泣いたら、こわかったきもちはどこかにいってしまった。パン屋のおばさんのひとことから、あんなにいろいろ考えて、びくびくしたことがおかしくなった。ぼくって「ばっかみたい」だったと思った。

そうして、すぐに、そんなことは忘れてしまっていたのに、あの雨がきそうなことに気づいたとたん、あの「こわさ」がもどってきたんだ。

やだな、やだなと見つめるたびに、空はいやーな感じにかわっていった。

ぼくは、ひとりでこっそり納屋にはいった。がたがたゆれるはしごをのぼって、二階の窓から空をみはった。

「雨、くるな。雨、くるな」

心の中で、いっしょうけんめいとなえたけど、とうとう、ぐちゃぐちゃの形の黒い雲まであらわれた。

もうだめだと思ったら、悲しいよりも、腹が立ってきた。

ぼくは、立ち上がって、窓の近くにいった。空に向かってさけびたかったんだ。「雨のばかー」って。

そんなことをしても、なんにもならないのはわかっていたけど……、それどころか、ひとりで納屋にはいったのがばれて、あとで父さんにおこられるってわかっていたけど、どうしても、さけびたかったんだ。

　窓の近くに立ったら、空以外のものも見えるようになった。

　うちの田んぼと、そのむこうを流れる川。

　川は、村と反対のほうにもずーっとつづいていて、晴れてるときは、うんと先まできらきらと、青く光って見えるんだけど、このときは、いちばん近いところがちょっと見えるだけだった。

　ぼくは、窓わくをにぎって、さけぼうとした。黒い、ぐちゃぐちゃの形の雲に向かって。

　そのとき、気がついた。いちばん手前の黒い雲の下あたりに、だれかがいるってことに。

　その人は、川ぞいの道を、こっちのほうに歩いてきているみたいだった。川は見えなくても、土手にずっと背の高い木がはえているから、そのあたりが道だってことは、わかる。

　その人のいるあたりは、うちのへんよりずっと早く夕方がきたみたいに、暗くなっていた。暗いのに、空気は白っぽくにごっていて、そこより遠いところにあるはずの牧場とか、森とか、ずっと向こうの大きな山なんかは、まったく見えない。

　そこではもう、雨がふっていたんだ。

　じっと見ていると、その人が、背の高い男の人だって、なんとなくわかってきた。

男の人が進むと、雨もこっちにやってきた。

まるで、その人が雨をつれてきているみたいに。

それとも、雨がその人をつれて――。

胸の中がぞわぞわした。

窓をとおってくる風が、きゅうに冷たくなった。その中から、パン屋のおばさんの声が聞こえた気がした。

「雨がくると、覚悟をしなけりゃいけない。家族がひとり、死ぬことを」

ちがう。おばさんの声じゃない。あのときおばさんがごまかしたことばまで、はっきりしゃべるこの声は、〈ほろびの予言〉の魔女のものだ。

ぼくは、耳をおさえてしゃがみこみたかった。だけど、どうしても、雨といっしょにやってくる男の人から、目がはなせなかった。

雨の中を歩いてくるその人を見ているうちに、ぼくは、ずっと前にトウヤさんがしてくれた話を思い出した。トウヤさんの話と、パン屋のおばさんのいってたことがひとつになって、「ああ、そうか」と思った。

雨がきたら、家族が死ぬ。

それは、雨が、あいつをつれてくるからなんだ。

トウヤさんが話してくれたときには、物語の中だけのうそのことだと思っていた――そう思いたかった――あいつ、〈死に神〉を。

男の人は、雨といっしょに近づいてくる。

「うちにはこないでください。うちの前を通りすぎて、ずっと先までいってください」

ぼくは、男の人を見ながら、心の中でずっと、おねがいしていた。

〈わたし〉の旅　道程《みちのり》

歩くことの心地よさを、わたしは味わっていた。

リズムよく歩きつづけていると、まず、からだが喜ぶ。へその奥や心臓のまわりから、足先、指先、耳の先まで、あらゆる部位が快調にはたらいているのを感じる。

わたしが歩いているのは、川にそってつづく一本道だった。馬車の轍《わだち》があるだけの、変化にとぼしい土の道だが、たまにゆるやかにカーブするので、単調ではない。風はほとんど吹いていないが、こちらが移動しているため、空気はいつも新鮮だ。

目にうつるのは、さわやかな川景色。耳に聞こえるのは、せせらぎの音とヒヨドリの鳴き声。

心の中から憂いや雑念が消え去って、自分が〈いま、ここに在《あ》ること〉をゆったりと祝っているような、安定した気分がつづいていた。

ただし、坂の上で風に吹かれながら景色をながめたときとちがって、無我の境地にはいたれていない。その証拠に、こうしてことばで考えるのを、やめられない。

しかし、それはもう、しかたのないことなのだろう。

そうあきらめたとたん、わたしとこの世界とを隔てる壁がまたひとつ、消え去った気がした。

川の中で、わたしの影が踊っていた。

太陽が、天頂から西に向かってすべりおりはじめている。時刻は午後二時をまわったくらいだろうか。

前方で、道が二手に分かれているのが見えてきた。

事前に地図で確認したので、それぞれの行く先はわかっていた。ひとつは、このまま川ぞいを進む道。もうひとつの左手にのびているほうは、点在する農家の脇を通りながら、村へといたる道。

わたしは川に別れを告げて、左の道に踏み込んだ。


歩きつづけても疲れのたまらないゆったりとした歩調を、わたしはあいかわらず保っていた。このペースでも、日が沈むまでには村にたどりつけるはずだから、今夜の宿は、そこでさがせばいい。

〈カオア界〉には、大きな町に行かないかぎり、旅館やホテルといった宿泊施設はないのだが、旅人が一夜の宿を請えば、たいがいの家が、最悪でも納屋くらいには泊まらせてくれる。多くの場合、自分たちがふだん食べているより豪華な食事を用意し、いちばんいい部屋のベッドを提供してくれる。旅人を大切にする文化が浸透している世界なのだ。

背の低い杉木立ちの横を通りすぎると、左斜め前方に、一軒の人家があらわれた。

とんがり屋根をのせた、こぢんまりとしたログハウスで、風雨にさらされた木材が、風格のある色合いをみせていた。

東向きの玄関ポーチがサンデッキをかねているらしく、広々とした幅がとってあり、そこに二脚の安楽椅子が置かれていた。

夫婦で夕涼みでもするのだろうか。

古びた、けれどもすわりごこちのよさそうな安楽椅子からは、この家の暮らしぶりが感じられて、今夜の宿をここにとりたくなった。ほんとうは、人の集まっている町や村より、こうした一軒家に泊まるほうが好きなのだ。

けれども、日はまだ高い。急ぐ旅ではないとはいえ、こんなに早く足を休めては、職務怠慢とそしられるだろう。

誰に？

自分に、だ。

わたしたちの仕事は、過程のひとつひとつが見張られているものではない。結果すら、その出来映えを吟味されはしない。

だから、手を抜こうと思ったら、いくらでもそうできるのだが、ひとつの手抜きは、コップの底に穴をあけるのに似ている。どんなに穴が小さくても、そこからやる気が流れ出る。

だれにも見張られていないからこそ、自分で気をつけなくてはならないのだ。「すべては、満足できる形で仕事をやりとげるために」――そこからぶれてしまわないように。

ログハウスの先には、畑があった。

支柱にささえられて垣をつくっているキュウリやトマト。地面の上にわさわさと育ちつつあるキャベツやレタス。すっくりと立ち並ぶネギやタマネギ。その合い間には、害虫除けをかねているらしいハーブ類。

畑の奥のほう、大きな声を出せば届きそうなところで、麦わら帽子をかぶった男が農具を使っていた。腰をかがめず雑草が取れる熊手状の道具だろうか。長い木製の柄を、リズムよく動かしている。

男の立ち姿は、なにげないようでいて美しく、見惚れてわたしは足を止めた。立ち姿だけでなく、からだの動かし方や、わずかしか見えない横顔からも、好ましい印象を受けた。

わたしの脳裏に、ログハウスの中にあるだろう、木製のどっしりとしたテーブルが浮かんだ。そのテーブルをはさんで、この人物と向かいあってすわる自分の姿も。

わたしたちは、地ビールを注いだ陶器のジョッキをぶつけあい、のどをうるおして、彼は畑仕事の、わたしは旅の疲れをいやす。

彼は、けっこう饒舌なのではないだろうか。

旅人相手に話をするのが好きで、この土地の四季のうつろいや、暮らしの中のエピソード、安楽椅子でまどろみながら巡らせた哲学的な思索などを、わたしに語って聞かせる――。

こうした細部は想像だが、畑の男とは気が合うだろうと思った。

この手の直感を、わたしははずしたことがない。今夜あのログハウスに宿をとり、彼と語りあえたなら、極上の時間が味わえるだろう。

誘惑は大きかったが、わたしはそれをふりきって、歩みを再開した。視線だけは畑で農具を使う男に向けたまま。

彼が、顔を上げてこちらを見た。わたしたちの視線が合った。

しかしわたしは、今度も誘惑に負けなかった。軽く頭を下げただけで、歩みをつづける。彼も会釈を返すと、農作業にもどった。

なごりおしさは、いくらも歩かないうちに、甘い感傷に変わった。わたしは自分に誇れる決断をした。そう考えると、今度の仕事をうまくやりとげられるという自信がふくらんだ。わたしの旅は、悪くない出だしをみせている。

道の向こうから、一人の女性がやってきた。年の頃は、畑の男と同じく、四十代くらいか。小脇にかかえたかごの中には、かたくしぼった衣類がつめこまれている。

すぐ先に小川があるようなので、そこで洗濯をして、家に戻るところなのだろう。

空を見ると、いつのまにか気持ちのいい快晴となっていた。ぶ厚い雲が姿を消したので、午後のこんな時間になって洗濯をすることにしたのだろうか。それとも、午前中にすませた洗濯と別に、予定外の汚れ物が出てしまったのか。

いずれにせよ、近くにはほかに家屋がない。この女性はあのログハウスの住人で、畑の男の妻か姉妹といった人物にちがいない。

すれちがうとき、わたしは帽子に手をやって、「こんにちは」とあいさつした。「こんにちは」と返しながら、彼女は値踏みするように、わたしの全身にさっと視線を走らせた。

それだけのことなのだが、そのとき感じた。わたしはこの女性のいる場では、くつろぐことができないだろうと。

けっして口うるさいわけではないし、当人に何の悪意もないのだろうが、そこにいるだけで人を落ち着かなくさせる――彼女はその手の人間に思えたのだ。

こういう直感も、わたしははずしたことがない。

誘惑に負けなくてよかったと、安堵の吐息をついた。

畑の男との談笑を空想したときには、玄関ポーチの安楽椅子が二脚だったことを失念していたが、あのログハウスに泊めてもらった場合、食卓を囲むのは、彼とわたしだけではなかったわけだ。

その結果、あの家でわたしを待っていたのは、極上の時間ではなく、温かな交流の火が燃え上がりそうになるたびに、水をかけられるという、一種の拷問。こんなことなら、無人の水車小屋でも見つけてひとりで眠ったほうがましだったと、後悔するはめになっていただろう。

自分の決断にあらたな満足を感じながら、小川にかかる欄干のない木の橋を渡ったとき、ふと不安をおぼえた。

到着して最初に見かけた二人の人間に、こんなに激しく反応してしまうとは、わたしは神経質になりすぎていないだろうか。

けれども、それから村までの道で十人ほどと出会ったが、どの人物とも穏やかな気持ちのまま、あいさつしたり、少し立ち話をしたりして別れた。十人のなかには、感じのいい人もいれば、無愛想な人もいたが、強く心をひかれることも、煙たく思うことも、なんらかの直感がはたらくこともなかった。

おそらく、たまたま相性のひどくいい人間と悪い人間が、最初にあらわれただけだったのだ。

ログハウスより先、村に着くまでに見かけた七軒の家屋にも、わたしは特に心動かされたりしなかった。

様式はさまざまだが、どれも木造の農家。軒先にタマネギがずらりと吊るされている光景などはほほえましいが、ぜひこの家に泊まりたいという誘惑を感じることはなかったし、軒にぶらさがっているものがタマネギでなく、白い布でつくった人形という家を見かけても、わたしの心は波立たなかった。

それは、人形というにはあまりに素朴な、丸い玉を白い布でくるんで、下のところをひもでくくって頭をつくり、ひもの下に広がった布をからだにみたてているだけのもの。いわゆる〈照る照る坊主〉だった。

〈ツルバ界〉あたりではいまもよく見かける、翌日の晴天を願うまじない人形なのだが、その家に吊るされていたものは、布がすっかり黄ばんでいた。くたびれ具合からいっても、数年間はぶらさがったままのようだった。

なにしろ、この世界の照る照る坊主は、子どもが翌日のハイキングのために作るものではない。同じ〈アメヨケ〉のまじないでも、我々を拒否する意思表示として使われているのだ。

つまり、その家の住人は、「アメヨ、クルナ」と思っている。そうして、もしかしたら、この意思表示に効果があると信じている。

けれども、まじないとは、すなわち迷信。我々は、行くべきところには、どこにでも行く。

今回はその家に用があるわけではなかったから、白い人形を横目で見ながら通りすぎたが、目的の家の軒先に同じものがぶらさがっていても、いっさい躊躇しないだろう。なにしろわたしは、この仕事に関して新米というわけではない。拒否や拒絶に動じたりしない心を、すでに備えもっていた。

その日は、予定どおり村に泊まった。わたしはこの世界の通貨をいくらかもっていたが、「そういう気遣いは無用だ」と、宿泊費の受け取りはことわられた。かわりに、家の中の力仕事を少し手伝った。互いに、この世界の風習どおりにふるまったわけだ。

そんなふうに旅をつづけて四日目、ふたたび川沿いの道を歩いていたとき、天気が下り坂になった。その日の午後には目的の家にたどりつけるはずだったので、わたしは足を速めた。

けれども、あと一時間ほどのところで雨に追いつかれた。この世界の旅人は、傘など使わない。わたしも、あまり防水性のよくないコートに身を包み、フードをかぶっただけの格好で、濡れながら歩いていった。

くやしいことに、雨雲の移動速度は、わたしの急ぎ足とたいして変わりないようで、しばらくは、少し先の地面はかわいているのに雨に打たれながら歩かなくてはならないという、情けない状態がつづいた。まるで、天気のいい日にアスファルトの道路にできる「逃げ水」の裏返し。わたしが進むと、景色が変化《へんげ》して、かわいた地面が雨模様に変わってしまう。

情けないが、ふしぎな経験でもあった。

常に、ぬかるんではいない、水を含みはじめたばかりの土を踏んで歩くこと。

路傍にはいつも、濡れそぼってうなだれてはいない、最初の雨粒をまだ真珠のようにのせている草木が並んでいること。

雨のカーテンを通して、かわいた世界が見えていること。

ふしぎで感動的なその体験——雨との歩みを、わたしは一編の詩に詠《よ》んだ。それから、この世界に着いてすぐにつくった曲にのせて歌ってみた。

あまり似合わなかった。曲のことはいったん忘れて、詩を練り上げようと、ことばをあれこれいじってみた。そうしながらも、急ぎ足をつづけた。

やがて、雨雲の先頭集団にすっかり追い越されて、濡れていない地面などどこにも見えなくなったころ、目的の家に到着した。

花園家の人々　2　ナズナ

今日は二回、セイヤと目が合った。

うちに帰ってから、誕生日に父さんがくれた日記帳に、「2」と書いた。

だれかがこっそり見るといけないんで、数字の意味はどこにも書かない。でも、自分ではわかっているから、「2」という形に鉛筆を動かしているとき、ちょっとだけ、胸がどきどきした。

その「どきどき」は、丸木橋をわたるときなんかの、冷や汗が出そうなのとちがって、あったかいような、熱いような感じがして、「これが胸いっぱいに広がったら、夢がかなうんだ」と思った。

夢。あたしの夢。

それは、恋をすること。

せつなくて、甘くて、自分のすべてを投げ出してしまうような、はげしい恋を。

そうなったときのことを考えると、またちがう「どきどき」がやってきた。今度のは、「わくわく」に近い、胸の高鳴り。

日記帳を机の引き出しにしまって、窓をあけた。夕方の空気はひんやりしていて、少しほてっていたあたしの顔を冷やしてくれた。

村につづく道をながめながら、「セイヤはいまごろ、何をしているのかな」と考えた。

そしたら、胸がきゅんとした……気がした。

錯覚かな。

錯覚でもいい。こういうのがどんどん積み重なっていけば、きっと、あたしの夢はかなうんだ。

あたしはぴょんとうしろに跳んで、部屋のまんなかに立った。それから、つま先立った右足を中心に、くるりと一回転した。

スカートが、ふわっと広がった。

あたしの心も、ふわりと浮いた。

スカートを好きになったのは、いつからだろう。前は、母さんにむりやり着せられたときなんか、引きちぎってやりたいくらい嫌いだったのに。

あのころ、あたしは、セージ兄ちゃんみたいになりたかったんだ。ていうか、セージ兄ちゃんそのものに。

兄ちゃんのやることは、なんでもやってみたかった。

兄ちゃんが走るあとについて走って、追いつけないのがくやしくて、泣いた。

兄ちゃんが小川を飛び越したら、まねして跳んで、落っこちて、ずぶぬれになった。走るのにも、跳ぶのにも、スカートはじゃまだった。ズボンをはきたかった。暑いときには、兄ちゃんみたいに、シャツをぬぎすててはだかになりたかった。兄ちゃんといっしょのかっこうがしたくて、自分で髪の毛をばっさり切って、母さんを泣かせたこともあった。

そのうちに、ほかの子どもと遊ぶことも多くなって、なんでもかんでも兄ちゃんをお手本にしなくていいんだってわかってきたころには、弟のハランがあたしたちのあとを、とことこついてくるようになっていた。ぐずなあの子を守るために、あたしはやっぱり、スカートをはいてなんかいられなかった。

でも、あのころが、いちばん楽しかったな。

兄ちゃんと、あたしと、ハラン。三人で、うちの裏にある森を探検したり、小川で魚をすくったり、山賊ごっこに、スパイごっこ。一日が、あっというまにすぎていった。だけど、兄ちゃんはあのころにはもう、あたしたちの面倒をみるのにあきあきしていたのかもしれない。あたしとハランが笑いころげているとき、ひとり真顔で、遠い空を見つめていることがあった。

何を見てるんだろうと思って、あたしは、兄ちゃんの視線の先をさがしてみた。鳥とか、かわった形の雲とか、虹とかの、おもしろいものがあるかと思って。

なんにもなかった。

「兄ちゃんって、変なの」と思った。

いまだったら、兄ちゃんが何を見ていたか、あたしにもわかる。

ここじゃない、どこか。

だって、ここは、自分の居場所じゃないから。ほんとうにいるべき場所は、ほかにある気がするから。

いまなら、それが、あたしにもわかる。

だって、兄ちゃんがあたしたちと遊ばなくなってしばらくたったころ、気がついたら、あたしもそんなふうに、遠いところを見つめていた。遠い、どこでもない場所を、ハランの笑い声に意味もなくいらいらしながら。

ふしぎだな。ハランがどじなのも、ぐずなのも、それまでと変わらなかったのに。前には、それでも、楽しく遊んでいられたのに。


たぶん、これは、あのパジャマと同じなんだ。

母さんが作ってくれた、ピンクのパジャマ。ウサギとイヌのアップリケがついていて、あたしは着るだけで、幸せな気分になれた。そのパジャマなしで眠ることなんて、考えられなかったから、母さんは、うんと天気のいい日にしか、あたしのパジャマを洗わないように気をつけていた。

見た目がかわいいだけじゃなくて、感触も好きだったな。すべすべ、ふんわりしていて、そのやわらかさで、あたしを優しくくるんでくれた。

それなのに、あるとき、くるまれてるんじゃなくて、締めつけられてるって思った。そのパジャマを着ていると、自由に動けない感じがした。

あたしはそれを、錯覚だと思おうとした。「気のせいだよ」って自分に言い聞かせた。だけど、そのうち、ボタンをとめるのがきつくなって、とうとう母さんにいわれた。

「そのパジャマ、もう小さくなっちゃったわね。新しいのを作らなきゃ」

母さんは、そんないいかたをしたけれど、あたしにはわかっていた。パジャマが小さくなったんじゃない。あたしが大きくなったんだ。

大切なものを裏切ってしまったような気持ちがして、うしろめたくて胸がちくちくした。

母さんは、そんなあたしの顔をじっと見てから、にっこりと笑った。

「新しいパジャマ、楽しみにしててね」

何日かして、母さんが渡してくれたパジャマは、前のとそっくり同じだった。ウサギとイヌも、同じものが同じ場所についている。何度も洗濯した前のパジャマのものとちがって、ウサギの瞳の赤も、イヌの茶色も、鮮やかで、どちらもひとまわり大きくなっていたけれど、それ以外はそっくり同じ。

パジャマも、あたしのからだに合わせて、ひとまわり大きくなっていて、ふわっとあたしをくるんでくれるってことは、着てみなくてもわかった。

それなのに、あたしはぼうぜんとしていた。

前のと同じ表情であたしを見つめるウサギもイヌも、ちっともかわいいと思えなかったから。

色あせていない、きれいなピンク色をしたパジャマが、子どもっぽくて、ばかみたいで、ちっとも着たいと思わなかったから。

母さんが、小首をかしげて、あたしの顔をのぞきこんだ。

「どう？」

「わあ、うれしい」

あたしは大きな声を出すと、いそいでパジャマを持ち上げて、やわらかな布に顔をうずめた。その感触だけは、なつかしかった。

パジャマの布の中で、あたしは笑顔をつくった。とびっきりの〈いい笑顔〉を。それから、パジャマを自分のからだに当てながら、母さんにいった。

「ありがとう。うれしい」

母さんも、目を細めて、にこにこしていた。

あれ以来、あたしはどんなときにも、〈いい笑顔〉がつくれるようになった。

それに、あのときあたしは知ったんだ。時間は流れているんだってことを。

それまでも、朝がきたら、昼になって、夕方がきて、夜になるって知っていた。春の花が咲いたら、そのうち若葉が出てきて、暑くなって、夏になるってことも。

でも、時間が流れていることを、ほんとうの意味で知ったのは、あのときだったと思う。

あたしのからだも、あたしの気持ちも、ちょっとずつ変わっていく。どんなに居心地のいいところにも、ずっといつづけることはできない。

だからあたしは、ハランと遊ぶのがつまらないと感じはじめたとき、パジャマのときとちがって、それを「気のせいだ」とは思わなかった。兄ちゃんが、遠くを見つめるようになって、あたしたちからはなれていった。それと同じことが、自分におこっているんだって、すぐわかった。

――やっぱりあたしは、どこかでまだ、兄ちゃんの背中を追いかけていたんだな。

あたしは、外で遊ぶのが、そんなに好きじゃなくなった。そして、スカートが好きになった。ハランにいらいらしてばかりいるようになった。

でもそれは、しかたのないことなんだ。だって、時間は流れているんだもの。


もう一度、くるりとあたしは回転した。

スカートがまた、ふわっと広がった。

このスカート、もっと長ければいいのにな。それに、もっと生地をたっぷりとってあれば、回ったりしなくても、歩くだけで、足のまわりでふわふわゆれて、うっとりした気分になれるのに。

目をつぶって、前に三歩、さっそうと歩いてみた。長いスカートのすそが、あたしのまわりで躍っているのを空想しながら。

目を開けてから下を向くと、白いブラウスと、ひざ下までの緑色のスカートが見えた。ブラウスもスカートも、母さんが作ったんじゃなくて、村の洋服屋さんで買ってもらったものだ。特にスカートは、オレンジ色のチェック模様が入っているお気に入りなんだけど、飾りとかはついてないから、ドレスを着ている気分になったあとだと、がっかりするほど地味にみえる。

あーあ。一度でいいから、フリルやレースがいっぱいついている服とか、胸のところに大きなししゅうの入っているドレスを着てみたいな。

ミミカのもっている本には、そんな服の絵が、たくさんのっている。ミミカとふたりで、ミミカの部屋のベッドに寝そべって、きれいな服の絵を見ながらおしゃべりするのが、いまのあたしの、一日でいちばん楽しい時間。

ミミカとこんなに仲良くなったのは、今年になってからだ。それまでも、同じ教室で勉強していたわけだから、それなりに「友達」ではあったけど、あたしは学校が終わったら、すぐに家に帰ることが多かったんで、村の子とゆっくり話をすることは、あんまりなかった。

もともと、親が商売や手仕事や役場づとめをしている村の子と、あたしたち農家の子とは、住んでるところがはなれているし、暮らしもちょっとちがうから、学校が終わったあとでいっしょに遊ぶ相手になりにくい。学校にいるあいだは、勉強が大変だから、友達とのんびりおしゃべりするひまなんてないし。

でも、今年になって、ミミカとあたしには、共通点があるってことに気がついた。

それは、きょうだいが少なくて、四つ年上の兄さんか姉さんがいるってこと。

村の家にも、農家にも、子どもは四人以上いるのがふつうだ。ミミカみたいな二人姉妹の家はめずらしい。あたしのように三人きょうだいって子は、ほかにいないわけじゃないけど、長女だったり、お兄さんと二歳しかちがわなかったりで、さっきの条件に当てはまるのは、あたしとミミカのふたりだけだった。

でも、あたしたちは、そんな共通点があることに、ずっと気づいていなかった。だって、「きょうだいが少なくて、四つ年上の兄さんか姉さんがいる」なんてことに、意味があるとは思わないじゃない。

意味はあった。

今年から、セージ兄ちゃんは、上の学校に行くようになった。

どうせ兄ちゃんとは、家の中で話すこともあんまりなくなっていたし、学校へも別々に行っていたんで、それが大きな変化だとは、最初、思っていなかった。

むしろ、ぐずなハランが入学するってことのほうが重大で、あの子を連れて毎日学校まで歩くなんて、無理って思ったし、父さんや母さんにも、そういった。

けっきょく、ハランが通学に慣れるまで、兄ちゃんが送っていくことになった。

上の学校は、あたしたちの学校とけっこうはなれたところにあるのに、セージ兄ちゃんは、足のおそいハランのために、うんと早くに家を出て、村までいっしょに歩いて、ときには「もう、歩けない」ってわがままをいうハランをおんぶして、学校に入るところまで見届けてから、自分の学校に向かっていた。

そういうときの兄ちゃんは、〈おとなの顔〉をしていた。

ふたりを見かけたら、あたしは物陰にかくれて近づかないようにしていたから、遠くからしか見たことないけど、兄ちゃんとハランは、年のはなれたきょうだいっていうより、お父さんと息子みたいだと思った。背の高さとか、そういうことじゃなくて、ふんいきが。

ほんとうのところ、まだまだ兄ちゃんは子どもっぽい。わがままやきまぐれは以前と変わらないし、じいちゃん相手に意地をはってるときなんて、ばっかみたいって思う。

それなのに、ハランとふたりで村への道を歩く兄ちゃんは、大きな大きなおとなに見えた。そして、兄ちゃんのあとを追いかけて、いっしょうけんめい走っていた自分を思い出した。

だからかな。同じ学校の中に、兄ちゃんがいない。たったそれだけのことが、びっくりするくらいさびしかった。

上の学校は、あたしたちの通う学校とは村の反対端にあって、しかも、十五歳より小さな子どもは入っちゃいけないって決められている。忘れ物を届けに行くってだけのことでも。

村の中にあるのに、あたしの知らない場所。そこに兄ちゃんが一日じゅういるってことが、あたしの胸に、ずしんとこたえた。

でも、そんなふうに感じるのって、ばかみたいだと思ったから、だれにもいえなかった。はずかしかったし、自分自身にいらいらもしていた。

そうしたら、ミミカがさびしそうにしているのに気がついた。

ミミカのお姉さんも、今年から上の学校に行っている。

ああ、そうか、ミミカもあたしと同じなんだって、ぴんときた。

同じ気持ちって、呼びあうんだと思う。あたしは、誓って、さびしいなんて気持ちを表に出してはいなかったけど、ミミカもあたしに気づいたみたい。

あたしたちは、学校が終わったあと、川原にすわって語りあった。

「上の学校って、どうしてあんなに、はなれたところにあるんだろうね」

「近くにあっても、いいのにね。それに、あたしたちをまったく入れてくれないのって、ひどいよね」

そんなふうに、最初は不満をいいあった。

「うん、ひどい。秘密主義っていうか、こそこそしてる感じがする。お姉ちゃんに、上の学校ではどんなことを勉強するのってたずねても、ちっとも教えてくれないんだよ」

「うちの兄ちゃんも。前よりもっと、あたしたちのことなんて相手にしてられないって顔をして、本ばっかり読んでる」

「よっぽど難しいことを習うようになるのかな」

ミミカの心配を聞いて、あたしは頭がくらくらした。

「いまより難しいことなんて、考えられない」

いまだって、学校では、毎日毎日、難しいことをたくさん教わっている。それも、「そんなの、生きていくのに必要ないじゃん」って思うようなことばっかり。

月はどうして満ち欠けするとか、銀河はどんな形をしているとか、数学の方程式の解き方とか、植物はどうやって栄養をつくっているかとか。

農家をやっていくなら、植物のこととかは意味があるかもしれないけど、星なんて、夜道を歩くときに方向がわかれば、それでいいのにって思う。

だけど、ちゃんと覚えて理解しないと、上の学校に入れない。そして、上の学校を卒業しないと、ちゃんとしたおとなになれない――つまり、一人前あつかいされる人間になれないって、みんなにおどかされるから、がんばって勉強してる。ときどき、うんざりするけど。

「うん、考えられない。いまだって、めいっぱい大変なのに。……だけど、四年前に、お姉ちゃんも、がんばってこれを勉強したんだって思えたから、がんばれてた」

ミミカが小石をひろって、川の中にぽちゃりと投げた。

それは、いまも同じだよ——と、あたしは頭の中で考えた。ミミカのお姉さんが、上の学校に行ってしまっても、四年前に、あたしたちが習ってることを勉強したことは、変わってないよ、と。

この考えを口に出していたら、あたしとミミカは特別仲良くなったりせずに、この日ちょっと語りあっただけでおわっていただろう。そして、あたしが、ミミカのもっているすてきな服の絵の本を見せてもらうことにもならなかっただろう。

あたしがだまっていると、ミミカははずかしそうに、自分でいった。

「わたしたちが習っていることを、お姉ちゃんが四年前にやったってことは、いまも同じなんだよね」

ミミカは、はずかしそうなだけじゃなくて、心細そうな顔をしていた。あたしは、鏡を見ている気分になった。

ミミカはあたしよりずっと美人だし、あたしは誓って、心細いって気持ちを顔に出したことはなかったけど、ミミカはあたしだと思った。だから、気がついたら、自分にいい聞かせるように、こんなことをしゃべっていた。

「同じだけど、同じじゃない。だって、あたしたちの学校の中に、いないんだもの」

てきとうに話を合わせたわけじゃない、本気でいったんだってことは、伝わったんだと思う。ミミカは何もいわずに、あたしの手をぎゅっと握った。それだけで、あたしたちの気持ちは通じあった。

通じあったその気持ちを、ことばで確かめあったのは、別の日だ。

「変だよね。これまでも、お姉ちゃんのこと、学校で一度も見かけない日は、しょっちゅうで、それでも平気だったのに」

「いないって思うだけで不安になるなんて、びっくりだよね」

「くやしいなあ。なんでもかんでも、お姉ちゃんのことを頼るの、もうやめてるつもりだったのに、やっぱり頼ってたんだなあ」

「くやしいよね。向こうは、あたしたちと別の学校に行ってることを、ちっとも気にしていないのに」

そんなことをさんざんいいあっていると、なんだかおかしくなってきて、あたしたちは笑いだした。そうしたら、それまでずっとつきまとっていたさびしさが、するりと脱げて、なくなった。

人と話をするのって、すごいと思った。

ひとりで考えたり、気にしないんだって決めてみたり、そんなことないとごまかしたりしても、どうにもできなかった気持ちが、わかってくれる人に話して、「そうだね」っていってもらえただけで、とけて流れて消えてしまう。

人と話をするのって、ほんとに、すごい。

あたしはミミカと話したことで、今度こそ、兄ちゃんの背中を追いかけるのがやめられたんだと思う。その日から、兄ちゃんが学校にいないことが平気になっただけじゃない。家の中でも兄ちゃんは、じいちゃんと同じくらい、どこで何をしていても気にならない相手になった。

ミミカのほうは、あたしほどすっかりお姉さんばなれできたわけじゃないようだけど、学校でさびしくなることはなくなったみたい。

そうすると、ミミカとあたしの共通点は、また、たいした意味のないことになってしまったわけだけど、あたしたちはもう、何でも話せる特別な友達になっていた。

ミミカは、あたしだけに将来の夢を教えてくれた。

「これはまだ、お姉ちゃんにもいったことがないんだけど、わたし、大きくなったら、町に行って、洋服のデザインをする人になりたいんだ」

あたしは、そんな仕事があるってことも知らなかったから、びっくりした。

だいたいあたしは、〈町〉ってところに、一度も行ったことがない。ミミカは、おじさんが住んでいるんで、これまでに二回、連れていってもらったことがあるんだって。

ミミカは、町で買ってもらった、きれいな服の絵がたくさんのっている本を見せてくれた。

それまであたしは、服なんて、動きやすければそれでいいと思っていた。ちいさいときにピンクのパジャマが好きだったり、年に一回、お祭りのときに村にやってくる音楽隊の踊り子の人たちの、ひらひらとゆれるドレスがすてきだなと思ったりしたことはあったけど、ふだんは自分がどんな服を着てるかも、特に気にしたりしていなかった。

でも、ミミカの本にのっている服は、ほんとうにすてきで、あたしはすぐに夢中になった。

こんなの着てみたいね。これ、どうやって作るんだろう。このページの中で、どの服がいちばん好き？

あたしたちは、そんなことをいいあいながら、本の絵をながめた。

ミミカは、絵の中に出てくるバラの花みたいなリボンの結び方を、あたしに教えてくれた。

どうしても自分で結べるようになりたくて、シーツの端をこっそり切って作ったリボンで、何回もやってみたんだって（切ったあとの端縫いを、きちんとしておいたから、ミミカのお母さんにはばれていないらしい）。

ミミカがまだ絵のとおりに結べていない、別の結び方を、あたしたちはふたりで研究した。

「わたしね、上の学校がおわって、十八になったら、町に行くんだ。そして、洋服のデザインの勉強をするの」

上の学校がおわって、十八歳になったら、自分の生き方を自分で決めていい。

ちいさいころから、おとなたちに何度もいわれていたことだけど、ミミカがそんな先のことをはっきり決めていることに、あたしはまたびっくりした。

「ナズナの夢は、なあに？」

聞かれてあたしはこまってしまった。でも、ミミカには正直になると決めていたから、思いきって、打ち明けた。

「先のことは、まだなんにも考えてないけど、いましてみたいことなら、あるよ。これも、夢って呼んでいいのかな」

「いいと思うよ。してみたいことって？」

正直に――と、あたしは自分にいいきかせながら、きっぱりと……いうつもりだったけど、やっぱり、はずかしそうな小さな声になってしまった。

「恋が、してみたい」

「へえ」

ミミカが身をのりだした。

「変かな？」

「ううん。ただ……」

ミミカが少し寄り目になった。

「つらいよ」

ああ、ミミカは、恋をしたことがあるんだなと思った。

「恋がつらいものだってことは、知ってるよ。でも、恋をすると、世界が変わるんでしょう。ちっちゃなちっちゃなできごとが、胸の中に太陽をかかえたかと思うほどのよろこびになったり、反対に、なんでもないことに心臓がしめつけられて、泣きたくなったり……。自分のいろんな感覚が、何十倍にもなったように感じるんでしょう。とにかくそれは、特別なことで、恋をすると、もうむかしの自分ではいられなくなる。だけどそれは、絶対に、後悔するような変化じゃない。つらくて泣いたこともふくめて、恋をした自分は、新しい自分で、もう一度生まれなおしたみたいなものだから」

「それ、だれに聞いたの？　ナズナが自分で考えたことじゃないよね」

ミミカにいわれて、あたしは、はっとした。夢中になって、ついべらべらとしゃべってしまったけど、いまのは、母さんとふたりだけの時間に聞いた、ふたりだけのひみつの話だった。

うちには、湧き水を引いた水道があって、料理やそうじにはその水を使っているし、ちょっとした洗濯をそこですませることもあるけれど、家族みんなの服をしっかりと洗うとき、母さんは川に出かける。天気のいい日に、川の水でじゃぶじゃぶ洗濯するのは気持ちがいいから、あたしはときどき、いっしょにいく。

空はすかっと青いけれど、汗がだらだら出るほど暑くはなくて、でも川の水の冷たさがうれしい――くらいの日なんて、最高だ。母さんも、そういう日にはすっごくきげんがよくなって、洗濯しながら歌をうたったり、家の中ではしないような話をしてくれたりする。

あたしは、母さんといっしょに洗濯しながら、いっぱい歌を教わった。そして、母さんといっしょに洗濯しながら、母さんの恋の話を聞いた。

「ないしょだけどね……」

そういって母さんは、父さんに出会ったときのことを話してくれた。

父さんに、なかなか話しかけることができなかった母さん。

父さんの、ちょっとしたしぐさにどきどきして、心臓が破れそうだった母さん。

父さんの、なにげないひとことに傷ついて、ひと晩、枕を涙でぬらしたこと。

父さんにほほえみかけられただけで、空にふわふわ浮かび上がりそうなほどうれしかったこと。

あたしもどきどきしながら、そんな話をたくさん聞いた。母さんが、兄ちゃんにもハランにも、父さん本人にさえしたことのない話を。

「母さんは、いまでも父さんに、恋してる？」

あるとき聞いてみたら、母さんはほっぺを赤くしながら答えた。

「もちろん」

それから、川の上にかがみこんで、両手で水をすくって顔にかけた。

「ああ、気持ちいい」

そういって笑った母さんは、母さんじゃないみたいに見えた。

ううん。母さんは母さんなんだけど、村に住んでいる、おとなになったばかりの女の人たちみたいに……なんていえばいいんだろう……空ではばたいてる小鳥のようなところがあると思った。いつもの母さんは、小鳥とか羽とかってイメージが絶対ににあわない、どっしりした感じなんだけど。

あたしは、小鳥みたいな母さんも好きだと思った。

「ただし、恋してるっていっても、むかしとはちがうのよね。いままでは、いてあたりまえだし、腹の立つこともあるし、どきどきしたり、会えてうれしいってことはないものね。でも、恋してるかって聞かれたら、そうですって、いつでも自信をもって答えられる」

母さんの顔を見たら、その答えがこれっぽっちもうそじゃないって確信できた。だって母さんは、楽しそうな、うれしそうな、とろけちゃいそうな顔をしていた。

それであたしは、恋がしたくなったんだ。

恋は、本の中の物語や、紙芝居にもよく出てくる。だから、幸せなことばかりじゃないって、わかっている。

それでも、恋がしてみたい。

だって、母さんは、恋について、こんなふうにもいっていた。

「恋をしなければ、心が傷つくこともない。でもね、恋を知らずにいることが、お天気のいい、気持ちのいい日に、ベッドでうとうとと寝て過ごすことだとしたら、恋をするのは、あなたたちの好きな、裏の森に冒険に出かけるようなものかもしれない。ベッドにいれば、ずっと心地よくいられるけれど、ただそれだけ。冒険に出ると、やぶを通って引っかき傷をつくったり、転んで痛い思いをしたり、道に迷って心細くなったりするけれど、思いがけず突然、きれいな花畑に出たりもするでしょう。のどがからからになったあとで、小川で水を飲んで、最高においしいと思ったり、目指す場所に到着して、ばんざいと喜んだり――。出かけている時間のほとんどは、大変な思いをしているのに、うちに帰るとあなたたちは、いうわよね。『ああ、おもしろかった』って。恋って、そういうもの……じゃないわよね。これじゃ、ちっとも説明になってない。うーん、なんていえばいいのかな」

あたしは、母さんってかわいいなと思いながら聞いていた。

家の中で母さんが説明をするときは、あたしたちにいうことをきかせたいときだ。だから、やたらと決めつけたり、しかっているようないいかたになったりする。

でも、恋について話す母さんは、あたしに何かをわからせたいんじゃなくて、ただそうやって話していたいんだって感じがした。あたしがむかし、ピンクのパジャマをなでるのが好きだったように、恋ってものをなでているみたいっていうか……。

恋は、母さんにとって、それほど大切なもの。

だからあたしは、恋がしたいと思ったんだ。

「ミミカは、恋をしたこと、あるの？」

母さんとふたりきりの大切な時間のことを話す気になれなくて、あたしはミミカの質問に答えずに、こっちからたずねた。

「うん」

ミミカは、下くちびるをちょっとつき出した気弱な顔になった。

「いとこのお兄ちゃん。町に住んでる」

えっ、とあたしはびっくりした。ミミカは町に二回しか行ったことがない。ということは、その恋をした相手と、多くても二回しか会っていないってことになる。

「はじめて会ったときに好きになって、それから一年半、毎日、毎日、お兄ちゃんのことばかり考えてた。でも、次に会ったとき、彼女を紹介された」

「それは……つらかったね」

恋を知らないあたしでも、そのつらさは想像できた。

「うん。つらかった。つらいばっかりだったって思ってた。だから、いっしょうけんめい、忘れようとしてきた。でもね、ナズナの話を聞いて、そうじゃなかったって気がついたの。ナズナのいったとおりなんだよね。人を好きになる前と後では、楽しいとか悲しいとかって感覚がまったく変わっていて、それって、すごいことなんだよね。つらかったけど、でも、やっぱり、わたしはお兄ちゃんのことを好きになれて、よかったんだよね」

そういうとミミカは、いつかのように、あたしの手をぎゅっと握った。

「ありがとう。ナズナのおかげで、そう思えた」

「ううん。あたしじゃなくて、母さん。さっきのは全部、母さんが話してくれたことなの」

あたしはいそいで、さっきたずねられたときにはごまかしてしまった答えをいった。

「じゃあ、ナズナのお母さんにも、感謝しなくっちゃ」

ミミカがあんまりうれしそうだったから、あたしは、恋をしてないときがベッドで過ごす一日だとすると、恋は、冒険に出かけて痛い思いをしたりもすることだって話もした。

「ああ、そうだね。ほんとに、そう。わたしはやっぱり、お兄ちゃんのことを好きになって、よかったんだ」

ミミカはいつのまにか、結び方の研究に使っていたリボンをぐちゃぐちゃにしていた。

「それに、ナズナと友達になれて、よかった。お礼に、わたし、ナズナの夢を応援する。ナズナも絶対、恋をしなくちゃ」

「うん。がんばる」

って、ふたりで盛り上がったのはいいけれど、恋って、どうやったらできるんだろう。

あたしたちは、あれこれ考えた。

恋は、ほんとうは、しようと思ってできるものじゃない。向こうから、突然やってくるもの。

だけど、だからって、ただ待っているだけじゃ、いつになるかわからない。

「先生もおっしゃってたじゃない、『努力は人を裏切らない』って。何か方法はあるはずよ」

ミミカは、あたしよりもいっしょうけんめいになって、考えてくれた。

そうしてできたのが、「好きになったつもり作戦」。

だれか一人、相手を決めて、その人を好きになったことにする。そして、恋をしている人が考えるように、その相手のことを考える。そうしたら、

「そんな気持ちになってくるかもしれないよ。少なくとも、だれかに恋しやすい状態には、なれるんじゃないかな」

あたしたちはまず、あたしの「恋の相手」をだれにするか、相談した。同じ教室で勉強している男子の中から選ぶのがいいと、ミミカはいった。

「最初は、むりやりその人のことを考えるわけだから、あんまり会えない相手だと、難しいでしょう」

だけど、だれの顔を思い浮かべても、あたしはぴんとこなかった。みんな、いまのハランと同じくらいちっちゃかったときから知っている。あいつは泣き虫だし、あいつはよく教室でおもらししてたし、あいつは意地悪だし、あいつは気が弱すぎていらいらするし……。

「そうだよね。すぐにぴんとくる相手がいるくらいなら、ナズナはとっくに、その相手に恋してるよね。でも、心配しないで。好きになったら、欠点だって、かわいいと思えるから」

あいつらの欠点をかわいいと思える自分なんて、想像できなかったけど、想像もつかない自分になれると思うと、恋をするのがますます楽しみになった。

でも、楽しみが大きくなったぶん、だれにするかの迷いも大きくなる。

「しょうがないなあ。じゃあ、わたしが三人にしぼるから、その中から決めて」

ミミカが決めた三人からも、あたしは一人を選べなかった。

けっきょく、あみだくじをして、セイヤに決まった。

「最初から、こうすればよかったかも。恋なんて、くじびきみたいなところがあるものね」

ミミカが気軽な感じでそういってくれたので、決断力のない自分にうんざりしていたあたしは、少し気持ちが軽くなった。

それに、恋は向こうからやってくるもの。セイヤも、あたしやミミカが選んだんじゃない、あみだくじの神様が決めたんだって思うと、好きになれそうな気が、ほんのちょっとしてきた。

だけど……セイヤかあ。顔はにきびだらけだし、いつもむっつりして、あんまり笑わないし、好みじゃないなあ。だからって、ほかにもっとましな男子がいるってわけじゃないんだけど。

あたしは、あみだくじの神様の前にセイヤを選んだミミカにたずねた。

「ねえ、ミミカ。この三人がいいって、どうして思ったの」

「それはね……」

ミミカは、楽しそうにふふっと笑った。

「なに。早く教えて」

「ナズナのお兄さんに、にてるところがあるかなと思って」

「ええっ」

あたしは混乱した。この三人が、兄ちゃんににてる？　ううん、その前に、兄ちゃんににてる相手に、あたしが恋しやすいって、ミミカは考えてるの？

混乱すると、少し胸がどきどきする。このどきどきは、恋のどきどきにつながるのかな。

「あ、顔とかは、そんなににてないかもしれないけど、ふんいきがね」

ミミカは、にやにやしながら、いいわけみたいにつけくわえた。

「別に、いいよ、どっちでも。だいたいあたしは、兄ちゃんみたいな男の子、好みじゃないし」

「ふうん。でも、もう決めたんだから、好みじゃなくても、がんばってね」

それからあたしは、作戦にしたがって、セイヤと目の合った回数をかぞえたり、家に帰ってから、セイヤはいまごろ何をしているだろうと考えたりした。

ばかばかしいなって思うこともあったけど、胸がきゅんとすることもあった。恋ってものが、手をのばしたちょっと先くらいにあるような気がすることも。

「楽しみだなあ」

あたしは部屋のまんなかでまた、くるりと回った。

子どもだったな。

それから何日かして、雨が降った。

そして、あたしは知ったんだ。あたしもミミカもまちがっていた。恋は、あみだくじや努力でつくれない。そんな、なまやさしいものじゃないってことを。


母さんが台所で鼻歌をうたっていた。コトコト音をたてはじめた煮物のにおいをかぎながら、あたしは食卓でさや豆の筋をとっていた。

母さんの鼻歌は、とっても小さくて、耳をすまさないと聞こえないくらいだった。たぶん、自分でうたってることに気づいてない。

だからあたしは、じゃましないように、いっしょにうたったりせずに、ただ聞いていた。

ほかには、母さんが包丁を使う音と、お湯のわいたお鍋がぐつぐついう音。

何も聞こえないより、もっと静かな時間。筋をとらなきゃいけない豆は、あと三つ。そのとき、ふうっとだれかが抱きしめてくるみたいに、新しい音があたしをつつみこんだ。天井から、壁や窓から、ちょっとはなれた林から、押し寄せてくる、雨粒がぱらぱらと屋根をたたく音。地面をぬらしていく音。林の葉っぱをゆらす音。

「ふってきたわね」

母さんがつぶやいた。

お天気が下り坂なのは、だいぶ前からわかってたから、準備はできていた。洗濯ものはとりこんであるし、牛たちも、いつもより早く牛小屋にいれた。だから、母さんは雨の音を聞いてもあわてたりせず、料理をつづけた。あたしは、豆の筋をとりおえた。

雨の音は、母さんの静かな鼻歌と同じくらい優しいと思った。こんなときにセイヤのことを考えたら、せつない気持ちになれるかもしれない。

あたしは、セイヤの顔を思い浮かべて、考えた。セイヤはいま、何をしているのかな。この雨に、ぬれているのか。それとも、あたしと同じように、かわいた部屋で雨の音を聞いているのか――。

「ハランは何をしてるのかしら」

母さんの声がして、もうちょっとで手が届きそうだった〈恋のせつなさ〉が、どこかにいってしまった。

「さっきから、二階がやけに静かだけど」

ほんとうだ。ハランはどじだから、何をやっていても、やたらと物音をたてるのに、さっきから、家の中に気配がない。こんなお天気なのに、外に遊びにいったんだろうか。

「悪いけど、ちょっとさがしてきてくれない？」

母さんは、ちっとも悪いと思っていない口調でいった。

こういうときの母さんは、川で洗濯をしているときと別人だ。小鳥みたいなところは少しもなくて、我が家の大きな食卓とおなじくらい、どっしりしている。

「ハランももう、学校に行ってる年なんだから、そんなに心配しなくていいんじゃないかな」といってみても、たぶん、母さんの耳に、あたしのことばはいらない。「さがしてきてくれない？」は母さんの命令で、「でも」や「だって」は、母さんのきげんを悪くするだけだ。

「はーい」

めんどくさいなと思いながら、あたしは立ち上がった。


やっぱりハランは、家の中にいなかった。あんまり遠くに行ってなきゃいいけどと思いながら、あたしは外套を着て、外に出た。

玄関ポーチのところで、雨にぬれる覚悟を「えい」とかためているとき、気がついた。街道をだれかが歩いている。それも、村と反対のほうから、こっちに向かって。

背の高い、黒い外套を着た人だった。雨がじゃましてよく見えないけど、たぶん、男の人。

街道とうちへの小道が分かれるところで、その人はまよいもせずに、うちに向かう道にはいった。

あたしは、玄関のとびらを開けてさけんだ。

「母さん、お客さんがきたみたい」

それからまた、表を見ると、父さんが畑のほうから帰ってきた。お客さんを見つけて、近寄っていった。ふたりは小さく頭を下げあいながら、何か話した。ふたりならんで、うちに向かって歩きはじめた。

あたしは、うれしくなった。あの人はきっと、雨宿りがしたいんだろう。こんな時間だから、そのままうちに泊まっていくかもしれない。

ひさしぶりのお客さんだ。母さんは、「おもてなし料理」にはりきるだろう。お客さんは、遠くからきた人みたいだから、めずらしい話をしてくれるかもしれない。いつもは食事のあいだ、むっつりとだまっているじいちゃんも、きっと口数が多くなる。

母さんが、大きなタオルを二枚もって玄関ポーチに出てきたとき、納屋のほうからハランがあらわれた。納屋は、刃物がたくさんしまってあったりしてあぶないから、ひとりではいっちゃだめだといわれているのに、あの子ったら、またこっそり行ってたみたい。

ハランは、父さんたちをさけるみたいに、小道をはずれて遠まわりしながら、全速力で走ってきた。泥水をびちゃびちゃはねとばして、ズボンをすっかり汚しながら。

父さんたちより早く玄関ポーチについたハランは、母さんのエプロンをひっぱって、いった。

「あの人を、うちにいれちゃ、だめだ」

「どうして?」

母さんは笑いながらたずねた。

「どうしても。ねえ、おねがい。あの人を、うちにいれないで」

「お客さんに、失礼なことを、いうもんじゃありませんよ」

母さんの声は、もう笑っていなかったのに、ハランはやめなかった。

「いっしょうのおねがい。これから、母さんのいうことはなんでもきくから、おねがいだから、あの人を家にいれないで」

あきれたことに、ハランは目に涙をうかべていた。

きっと、頭の中が、紙芝居で見た物語かなにかでいっぱいになってるんだ。この子ったら、いつも、そう。すぐに空想と現実をごっちゃにして、まわりをこまらせる。

父さんたちは、もう近くまできていた。母さんは、ハランの肩をぐっとつかんでエプロンからひきはなすと、あたしに押しつけた。

「ナズナ、この子をだまらせてちょうだい」

あたしはハランをにらみながら、耳をぎゅっとひっぱった。ハランは、くやしそうにくちびるをかんだ。それから、くるっとあたしのうしろにまわって、あたしの背中に顔をうずめた。父さんとお客さんが、ポーチにのぼってきた。

「ただいま。この人を、今夜うちにお泊めすることになった。したくを頼む」

母さんは、「はい」と返事をしながら、父さんとお客さんにタオルを渡した。

お客さんは、「ありがとう」といってタオルを受け取ると、外套のフードをはずして顔をふきはじめた。

ハランが、あたしのうしろでふるえていた。

そのふるえが、あたしの背中から心臓へと伝わった。

お客さんが、タオルから顔を上げて、あたしを見た。あたしはとっさに、母さんのうしろにかくれた。背中にしがみついているハランをつれたまま。

どうしてだか、かくれないではいられないほど、はずかしかったんだ。それなのにあたしは、お客さんから目をはなすことができなくて、母さんの背中から顔だけ出して、お客さんを見つめていた。

ふしぎなことに、父さんもお客さんも同じようにぬれていたのに、お客さんが動くたびにぽろぽろこぼれる水玉だけが、きらきら光っているように見えた。そのきらきらを見ているうちに、胸が苦しくなっていった。セイヤのにきびづらは、あたしの頭から完全に消えていた。

〈わたし〉の旅　家族

食卓に家族が集《つど》っている。

この情景は、長い道程《みちのり》を歩いてきたひとつのゴールだ。

ゴールにしてあらたなスタートではあるが、わたしの胸は喜びに満たされていた。

喜びの底には、懐かしさに似た感情が横たわっていた。

わたしは、この人たちの顔を知っている。名前や年齢も知っている。

わたしの向かいにすわるエンレイは、四十七歳。性格は、勤勉で穏やか。探求心にも富んでいるので、足かけ十年、ここはまったくちがう環境で、ちがう仕事に就いていた。そのため結婚がおそかったが、いまは農業を営みながら、生まれ育った土地で落ち着いて暮らしている。

その右どなりにいる妻のミスミは三十八歳。保守的な面もあるが、楽観的で円満な人格をもつ。彼女の両親や兄弟は、十数年前にそれぞれ移住して、村に縁者は残っていない。

わたしから食卓の角をはさんだ左手にいる、長男のセージは十五歳。反対の角をはさんだ右手にならんですわっているのは、長女のナズナ、十一歳と、末子《まっし》のハラン、七歳。三人とも、性格評定はまだ受けていない。

そして、エンレイの左に、いかめしい顔ですわっているのが、彼の父親のフクジュ、七十二歳だった。

どの顔も、すでに見知っているから、懐かしい。けれども、間近で接するのは初めてで、長い旅路の果てにやっと会えたことが、しみじみと嬉しかった。

やはり、データファイルで相手を知ることは、どんなに詳しい情報を頭にいれても、「会う」ことにはならないのだと、あらためて思う。ほんとうに「会う」ためには、物理的に同じ空間にいあわせることが不可欠なのだ。

〈真世界〉では、そうした感覚が失われかけている。遠くはなれた人間とも、映像と音声を送りあうことで、間近で対面しているかのように交流することができるからだ。

そこでは、生身の人間が目の前にいないことのハンディは感じられない。お互いに顔を見て、ほほえんだり、うなずきあったりはもちろん、視線を合わせたり、目をそらしたりで微妙なニュアンスを伝えることも、語調や声音《こわね》で感情を繊細に伝えてみたりも自在にできる。必要なら、互いの部屋の温度や照度を合わせるといった演出も可能だ。

それでもやはり、人と会うとは、空間を共有することなのだ。同じ、小さな空間にいることには、目や耳や、その他の感覚でとらえる情報では補いきれない何かがある。

おそらくそれは、立ち上がって手をのばせば、ふれあえるということではないだろうか。

ふれあえるということは、抱きしめることも、その反対に、襲いかかることもできるということだ。

実際には、そういうことは、めったにおきない。それぞれが手をさしのべて握手をかわすことさえ。

けれども、そうした可能性のあるあいだがらだということが、「会う」ことの本当の意味ではないだろうか。

さらにいえば、同じ空間にいる場合、そこに猛毒のガスがまかれたら、ともに死ぬことになるだろう。火災が発生したら、いっしょにあわてふためきながら、消火にあたるとか、逃げるとかすることだろう。

そういう運命共同体的な関係になることが、きっと、「会う」ということなのだ。

それにしても、おもしろい。

事前に仕入れたデータとくらべて、懐かしいような感情をいだいているわたしとちがい、この家族には、わたしについての知識がない。だから、「知らない人」を見る目を向けてくる。

そのようすが、実に多様でおもしろい。

母親のミスミは、大きな丸い目いっぱいに好奇心をたたえている。娯楽のとぼしいこの世界で、客の来訪は一大イベントだ。それを楽しもうとしていることが、表情にあふれている。

彼女の視線には、ときおり、わたしをさぐるような、何かを懸念するような、不安の影がさす。しかしこれは、わたしのような来訪者に対する当然の反応だ。明日以降は、このさぐるような視線がさらに露骨に浴びせられることを、わたしは覚悟している。

ミスミの反応が、好奇心・九、不安・一だとすると、彼女の夫エンレイはその逆の、一割の好奇心と九割の不安を、どちらも社交的な笑顔の裏におし隠していた。

期待されている役割を果たすことを、つねに最優先する人間なのだろう。父親というときは息子として、妻といるときは夫として、子どもの前では父親として、模範的にふるまおうとするのが性分《しょうぶん》となっているが、それが苦痛ではなく、楽しんでこなしている。そういうタイプの人間だと、わたしは判断した。つまり、きわめてつきあいやすい人物だ。

この夫婦の長男、セージは十五歳。まさに、十五歳の少年がわたしのような来訪者を見る目でわたしを見つめていた。わずかにおびえながらも、未知のものに対する飢えを感じさせる、真剣なまなざし。

わたしも十五のときには、きっとこんな目をしていた。からだの発育や知識の増加に、心の成長が追いつかず、ちぐはぐな、不安定な、バランスのとれない感じに、いつも悩まされていた。だから、いつでも何かを求めていて、その何かの正体がわからないもどかしさに身をこがしていた。

いまだって、さほど自分という存在のことがわかっているわけでも、安定しているわけでもないが、あのやるせなさは十五歳特有のものだったと、いまにして思う。

ここまでの三人の反応は、おもしろいながらも比較的わかりやすいのだが、残るふたりの子どもがわたしを見る目は、謎を含んでいて、さらに興味深かった。

末っ子のハランは、まるでホラー映画を見ているような顔をわたしに向けていた。いや、彼自身が、ホラー映画の中で次々におこる異常な出来事におびえる子どもそのもの。唇からは血の気が引いていて、箸《はし》を持つ手はとまりがちだ。父親にうながされて、しぶしぶ食べ物を口に運んでも、すぐにまた手を休めて、おそろしげにわたしを見る。そこには、「怖いもの見たさ」といった好奇心はうかがえない。純粋な恐怖に、心がとらわれているようだ。

感受性の強そうな子どもだ。きっと、この子の頭はいま、何かとほうもない空想に支配されているのだろう。

これだからわたしは、この世界の子どもが好きだ。

以前、やはりこの年頃の男の子が、水たまりが干上がっていくさまを一時間以上もながめているのを見たことがある。

長雨のあがった、よく晴れた朝のことだった。わたしは、庭仕事をしながら様子をうかがっていたのだが、その子は同じ姿勢でしゃがみこんだまま、飽きずにずっと見つめていた。

近くに行ったときにのぞいてみたが、岩のくぼんだところに浅く雨水がたまっているだけの、ごくふつうの水たまりだった。

中におたまじゃくしとかゲンゴロウとかの水生の生き物がいて、水たまりの面積がその生死を左右する、といったドラマがあるわけではない。水がなくなるとその底から、模様とか文字とかが現れるといった、お楽しみがあるわけでもない。

あの子はいったい、変哲もない水たまりの、何にあれほど魅《み》せられていたのだろう。目の前の小さな世界を、広大な陸地と海との戦いにみたてて、どちらかを応援しながら観戦していたのだろうか。

たちのぼる水蒸気に、水の妖精の気配を感じとり、その一人ひとりを見送っていたのだろうか。

それとも、ただ観察していたのか。

ジグザグに飛び出している水たまりの岬の、どれが次に欠けるのか。あの島のような陸地が外側につながるのと、あの細長い水の帯が消えるのと、どちらが早いか――といった予測をしながら。

なにしろ水たまりは干上がるとき、ただ均等に縮小するわけではない。驚くほどダイナミックに形を変化させる。そのさまは、自然のつくりだしたショーともいえるだろう。

ただしわれわれは、そのショーをふつう、録画して高速再生して観覧する。水たまりの干上がる速度はあまりにゆっくりなので、リアルタイムで楽しむことは困難なのだ。

その困難を困難と、この世界の子どもたちは感じない。その集中力に、わたしは感嘆した。もしかしたら人間はみな、本来そうした集中力をもっているのかもしれない。わたしたちおとなやこの世界以外の子どもたちには、その能力の発揮をさまたげる、よけいな刺激がふんだんに存在するだけで。


「物語」についても、同じことがいえる。

太古の人々にとっては、集団の中のひとりが語り伝える話に耳を傾けることが、物語にふれる唯一の機会だったという。

たいがいが、文字にしてしまえばそう長くない、素朴な物語だ。けれどもそれを聞く人間が得ていた興奮や思い入れは、才能と経験あふれる集団が趣向をこらして作り上げた仮想世界にどっぷりと浸れる〈真世界〉の子どもたちが得ているものに、まさるとも劣らなかったのではないだろうか。

なぜなら、物語が不完全であったり、受け取る情報量が少なかったりするほど、人は空白部分を補うために、自分の想像力を発揮する。それは、物語への愛着につながる。

いや、たぶん、それよりも、絶対量の問題なのだ。

一生を費やしても鑑賞しきれないほどのフィクションのソフトにアクセスできる環境では、どんなにすばらしい物語に対しても、そこに耽溺《たんでき》する時間はそう長くならない。

けれども、与えられる物語が、飢えを呼ぶほどごくわずかだったら——。
この世界が、まさにそうだ。ここの子どもたちは、週に一度、紙芝居を見る機会がある以外は、小さな図書館のわずかな本を読むくらいしか、物語にふれる機会がない。だから、図書館の本にはどれも、何度もめくられた手あかがついている。そして、この子どもたちが紙芝居を見る真剣さときたら。

アクセスできる物語が少ないからこそ、子どもたちはそれをしゃぶりつくすのだ。何度も思い出し、ひたり、そのたびに頭の中で何かをつけ足す。日々の暮らしの中でそれをおこなうわけだから、仮想世界にはまりすぎた子どもが現実との接点を失ってしまうようなことは、ここではおこらない。

このハランという少年も、彼の頭がつくりだしたホラー映画の中にいることは、わたしを見る目にはっきりとあらわれているが、父親の問いかけに答えたりと、現実世界にもきちんと対応している。

だから彼のおびえかたは、こっけいではあっても、病的な痛々しさは感じられなかった。いったいこの子の頭の中に、どんな物語が繰り広げられているのか、その物語の中で、わたしはどんな役割を果たしているのか、想像してみると楽しくなる。

頭の中に繰り広げられている物語が、ハラン以上に謎なのが、その姉、ナズナだった。
十一歳の女の子というものは、それだけで、ひとつの謎だ。

だいたいに、女の子は男の子より精神的な成長が早い。しかも、あるときある部分だけぐんと、初夏の若竹のようにのびたりする。

そのためこの年頃の女の子たちは、幼子《おさなご》のように無邪気にふるまっていたかと思うと、突然、おとなの感性や理解力を示すといった芸当を、平気でやってみせる。

われわれ男性からみて驚異的なことに、どうやら彼女らは、その不均衡に苦しんでいないようだ。

だから、よけいにわからない。ともに食卓を囲む少女の、どの部分が子どもで、どの部分が同年代の男の子たちを置き去りにして成長してしまっているのか。そして、いま何を考えているのか。

ナズナは、正式な晩餐《ばんさん》の場に初めて招待されたとでもいうような、緊張した面持ちをしていた。

背中は不自然なほどぴんと張り、動きはしゃちほこばっている。

もう少しでそりかえってしまうほどのばされた背筋は、ときにふっとゆるむので、この姿勢はふだんからの習慣ではないのだろう。ゆるんだあとで、すぐにまたぴんとなり、わたしのほうをそっと見る。まるで、わたしが、行儀作法の試験官ででもあるかのように。

奇妙なのは、そんな様子が気になって、わたしが彼女を見ると、目が合うか合わないかの早業で、さっと視線をそらすことだ。そして、その瞬間に軽いやけどをしたとでもいうように、痛みをこらえた顔になる。

ひとりでゲームでもやっているのだろうか。わたしと視線を合わせずに、できるだけわたしを長く見るという。

だとしたら、彼女は負けつづけているし、このゲームを少しも楽しんでいないようだった。つねに真剣そのもので、となりにすわる弟のホラー映画ごっこにも、まったく気づいていないらしい。

ナズナは、意志の強そうな目をしていた。ほおがふっくらとして、あどけない顔つきなのに、魂をのぞかせる瞳には、おとなの気配が宿っている。

この少女のことを、もっと知りたいと思った。明日からのそうした機会が楽しみになって、また目が合った瞬間に、思わずほほえむと、彼女はぴくんと肩をふるわせてから、うつむいた。顔がすっかりこわばっている。嫌われてしまっただろうか。

「川が大きく曲がっているところに、糸柳の並木があったでしょう。あれは、親父たちが若いころに植えたものなんですよ」

エンレイが、上機嫌なようすで語りかけてきた。

わたしが家族の観察をしているあいだにも、食卓の会話は進行している。

初対面のあいだがらだから、わたしは無難に、景色の話を持ち出していた。人里近くの景観は、住人たちが計画的に整えているものだから、誉めておけば、まず喜ばれる。会話のはじめにわたしは、川景色の美しさを讃《たた》えていたのだ。

「ああ。あの糸柳はみごとでしたね」

わたしは心から言った。その場所のことは、はっきりとおぼえていた。緑の葉をまとった枝が幾本もまっすぐに垂れ下がり、ときおり風にゆらぐさまは、涼やかな滝のようで、いまにも降りだしそうな曇り空の下で見てもすがすがしかった。先をいそいでいなければ、足をとめて、しばらくながめていただろう。

「そうでしょう。夏の暑い日でも、あそこを通ると、さわやかな気持ちになるんですよ」

ミスミが声をはずませた。

自分たちで植えた並木が話題にされても、フクジュは会話に加わろうとしなかった。性格評定にあったように、かなり口数が少ないようだ。

その寡黙さをおぎなうように、エンレイとミスミは代わる代わる、この近辺の「見どころ」を解説してくれた。なかなか息の合った夫婦だ。

ふたりの話が一段落したところでわたしは、ここまでの道程で仕入れた噂話を披露した。テレビやラジオはもちろん、新聞も週刊誌もないこの世界で、旅人に求められることの第一は、他地域のニュースを伝えることだ。

ここに来る途中の村で聞いた、ある遠方の村の集会所が新築された話で、しばらく座が盛り上がった。

「外壁は、赤レンガでできているそうですね」

「中庭に花時計があるって聞いてますけど、ほんとうですか。どんな花が植えてあるんですか」

エンレイとミスミは、すでに仕入れていた噂話を持ち出しながら、さらにくわしいことを知りたがった。

わたしとて、自分の目で見てきたわけではないけれど、人から聞いた話を見てきたように話すことならできる。この場で要求されているのは、情報の正確さではないのだ。聞いた話に多少の味付けをして語っていると、突然フクジュが口をはさんだ。

「だが、あんたは、実際に集会所を見たわけじゃない」

一瞬わたしは、ぎょっとした。なぜ、そんなわかりきったことを念押しして、話に水を差すのかと。

エンレイが、気まずそうに視線を泳がせてから、妻にそっと目配せした。そのころには、わたしも不意討ちの驚きから立ち直り、「ああ、やはり」と心の中でつぶやいた。データファイルを見たときから、フクジュがこういう人間であることは見当をつけていた。

けっして口うるさいわけではないし、当人に何の悪意《あくい》もないのだろうが、そこにいるだけで人を落ち着かなくさせる――フクジュはその手の人間だ。

おもしろいじゃないか。それでこそ、やりがいがある。

「ええ、見ていません。でも、おととい泊めてもらった家のみなさんが、あんまりくわしく話してくださったんで、自分でレンガを積んだ気分になっていました」

フクジュは「ふん」と鼻を鳴らしたが、これも悪気《わるぎ》があってのことではなさそうだ。それに、ミスミの笑い声が、場の雰囲気を救ってくれた。エンレイが、自分たちの村の集会所が、見た目は平凡だが、機能的なつくりになっていることを解説しはじめた。ミスミがそれに息の合った補足を入れて、あたりの空気はまた、円滑に流れはじめた。

食卓に並べられたごちそうを、ランプの灯がやわらかに照らしていた。

おとな四人の前には、ワイングラスが置かれている。地元でとれたブドウからつくられたという赤ワインは、物陰にあると黒く見えるほど濃い色をしていた。

フクジュはときどきグラスをもちあげて、飲むというより、鼻の下にあてて匂いを楽しんでいた。エンレイは、大切そうに、ちびちびとなめている。夫よりも豪快に飲んでいるミスミのほおは、すでに赤くそまっていた。

豊かな香りのワインだった。鼻の奥でふわっと広がり、酔い心地に誘う。渋味のある液体は、舌の上で転がしていると、旅の疲れを忘れさせてくれた。

ときおり会話がとぎれると、雨の音が耳にやさしくしみこんできた。

フクジュは、あいかわらずあまり口を開かず、いかめしい表情をしていたが、もともとそういう顔なのだろう。よく見ると、口元には、この場の雰囲気に満足しているようなやわらかさがあった。エンレイは、ときおり父親の横顔を盗み見ては、安心したように目を細めた。

先ほどつかのま現れた気まずさは、もうどこにも残っていなかった。それぞれが独自の世界にいる子どもたちをのぞくと、誰もが満ち足りた気分でいることが感じられた。

もちろん、わたしもだ。

食事とワインが調和しているように、ランプの灯と雨の音が調和していた。

仲の良さそうな夫婦と、年齢独特の悩みや迷宮の中で格闘している子どもたち。その どちらとも距離をおいているようでいて、どちらをもどっしりと受け止めているらしい老人。

この家族そのものが調和していると思った。

わたしの任務は、この調和を乱すことになるかもしれない。

どれくらい、どんなふうに乱すことになるのか。こんな夜の再現が望めなくなるほどの影響を与えてしまうのか。

それは、わたしにもわからない。

花園家の人々　3　エンレイ

目の前に、丸いボタンが三つある。鉄でできた操作盤の中央に、横一列に並んでいる。そのどれかを押せば、ドアが開く。

ただし、まちがったボタンを押してはいけない。そんなことをしたら、ドアは完全にロックされ、部屋から出ることは不可能になってしまう。

ボタンはどれも、そっくり同じだった。機能を示す表示もついていない。

ドアは透明な素材でできていて、向こう側の、広々としたロビーのような空間がすけて見えた。あちこちに、やわらかそうなソファがあり、洒落た髪型をして着飾った人たちが、ゆったりとすわっている。ソファの合い間には鉢植えの植物が置かれていて、うっすらとした葉むらが、人々の頭上でそよいでいる。

すわっている人数よりもはるかに多くの人たちが、立ったり歩いたりしていた。それでも混雑してみえないほど、ロビーは広かった。

奥のほうに、長いカウンターがあった。中で何人かの女性が、客待ち顔でほほえんでいる。

わたしは早く、あそこに行かなければならないのだ。でないと……手遅れになる。

ボタンに目を落とした。やはり、どれがドアを開けるものかわからない。

操作盤のカバーをはがして、中の回線を調べればいいのだろうか。いや、それでもきっと、わからない。それに、ここにはそうした作業のための工具がない。

操作盤の手前に、くるくると巻かれている薄板があった。引っ張ってみると、モニターとキーボードが現れた。

なるほど。ここに適切な質問を入力すれば、どのボタンを押せばいいかがわかるのだ。

まず「ドア」と打とうとしたのだが、あせって指がふるえていたのだろう。見たこともない文字がモニターに現れた。削除キーを押さなければならない。しかし、どれが削除キーだ。

ドアの向こうのロビーとちがって、わたしのいる場所は狭苦しかった。左右の壁は間近にせまり、圧迫感に息がつまる。おまけに蒸し暑い。背中のすぐ後ろに配管のようなものがあり、熱を発散しているのだ。

暑さも息苦しさも、耐えがたいほどになっていた。早くドアを開けなくては。

モニター上の不要な文字を指で押さえた。こすってみた。消えない。消えるわけがない。

やはりキーボードだ。正しく打ち込むしか、出口を開ける方法はないのだ。

ところが、ふたたび目を向けたキーの列は、やけに白っぽかった。機能を示す文字や記号が書かれていないのだ。さっきまでは見えていたはずだが、これでは、どのキーを押せばいいのかわからない。

きっと、これだ。

最上段中央あたりのキーを押した。わたしの勘は当たっていた。モニターの不要な文字が消えて、「ド」という字が現れた。

ほっとしながらわたしは、「ア」が表示されるはずのキーを押した。

何もおこらない。どうしてだ。

押し方が弱かったのかもしれない。

同じキーをもっとしっかり押さえるために、指を伸ばそうとした。動かなかった。肩から先が異様に重くて、まるで、自分のからだではないようだ。

ありったけの力をふるって、指をキーに近づけた。人指し指の腹がキーに触れた。深く沈めた。

とたんに、モニターに○や※や□といった記号が、数行にわたって出現した。

だめだ、やり直しだ。時間がないのに。

さっきの最上段のキーまで、指をなんとか移動させ、押さえた。モニター全体が激しく点滅をはじめた。壊してしまったのだろうか。

点滅を止めたくて、モニターの電源を切るスイッチをさがした。見つからない。最初のように巻いてしまおうと思ったが、びくとも動かない。

これ以上、こんなことをしている時間はない。

点滅に追い立てられるように、わたしはドアの前に行き、ボタンに頼らず開けるための手掛かりをさぐった。

何もなかった。どこもかしこも、のっぺりとしているだけだ。

押しても動かない。手前に引くことも、左右にずらすこともできない。こぶしで思いきりたたいても、ひびひとつはいらない。ロビーの向こうの人たちが、わたしに気づく気配もない。

それに、ロビーの人影はまばらになっていた。カウンターの中にも、女性がひとり残っているだけだった。そのひとりも、背中を向けて去ろうとしている。

待ってくれ。まだ、わたしがここにいる。

わたしはボタンに走り寄った。もう迷っている暇はない。覚悟を決めて、右端のボタンを押した。きっと、これだ。ドアにいちばん近い、このボタンだ。

奇妙な音とともに、ドアの前に鉄格子が下りてきた。わたしは二重に閉じ込められてしまったのだ。

「助けてくれ」

真ん中のボタンを押した。手の下で、操作盤がどろりと溶けて、流れはじめた。間に合ってくれと願いながら、形を失いつつある左端のボタンに指をのばした。

目が覚めた。

目覚めてみれば、よくある他愛ない夢だった。

横になったまま、両てのひらでシーツをさすってみた。自分のベッドの、いつもの感触だった。

暗闇に目がなじむと、天井に、見慣れた木目がぼんやり浮かんだ。耳をすませば、昨日の夕方に降りはじめた雨が、まだひっそりと降り続いていた。

だいじょうぶ。わたしは自分の寝室にいる。自分の家の中にいる。生まれ育った土地にいる。

ほうっと安堵のため息が出たが、心臓は、まだどくどくと音をたてていた。

からだじゅうが、ねっとりとしたいやな汗に濡れていた。まるで、溶けだした操作盤が、ねばつく液体となってまとわりついているかのように。

大きく息を吸い込んだ。深夜の冷涼な空気が肺を満たすと、気分は落ち着き、夢の苦い後味がうすれていった。

それにしても、わたしは、何をあんなにあせっていたのだろう。

夢にありがちなことだが、どうしてカウンターに急がなければならないのか、その理由もわからないのに、冷や汗が出るほど焦燥にかられていたことを思うと、おかしくなる。

暗闇の中で、わたしはひっそりとほほえんだ。

「うーん」

左手から声が聞こえた。ミスミの声ではない。低くて深い、父さんの声だ。

今夜、ミスミは娘のナズナとひとつベッドを分け合っている。雨宿りの客人に、父さんのベッドを提供した。父さんはわたしたちの寝室に来て、玉突きのように、ミスミはナズナの部屋に行ったというわけだ。

父さんと並んで寝たのは、いつ以来だろうと考えた。

「うーん」

父さんが、またうなった。起こしたほうがいいのだろうか。

だが、父さんは、わたしとちがってあぶら汗をかいてはいなかった。「うーん」という声も、追いつめられて苦しいという感じではない。せつない吐息のような響きがある。

同じ悪夢でも、父さんは、悲しい夢をみているのだ。

それがわかったから、わたしは父さんを起こさなかった。悲しい夢は、中断したいものとは限らない。

かすかに聞こえていた雨音が止まった。明日は、朝から草刈りができそうだ。

夜明けとともに起床するのが、わたしたちの習慣だ。夏至のころには少々つらいが、秋の風が吹きはじめた今時分は、毎朝すっきりとした目覚めがおとずれる。

夜中に悪夢に起こされたこの日も、明け方の最初の光が部屋に差し込むと同時に、ぱっと目が開いた。

父さんは、窓辺に立って、外をながめていた。

「お客さんは、よく眠れただろうか」

わたしが起き出したのに気づいたようで、窓を向いたまま言った。父さんは、無愛想なため誤解されることも多いが、他人をよく気遣う人なのだ。

「さあ。どっちにしても、朝食のときまで、そっとしておこうよ」

わたしたちは牛小屋に向かった。雨はすっかり上がっていた。木々からは、まだ水滴がぽつりぽつりと落ちていたが、雲の切れ間にくっきりとした青空がのぞいている。

途中、鶏小屋から卵をひろって戻るナズナと出会った。

「おはよう」とつぶやきながら、まだ目をとろんとさせている。

うちでは子どもたちに、朝の手伝いを強いてはいない。学校が終わる時間までは、勉強に専念できるようにと考えてのことだ。だから男の子ふたりはいつも、朝食ができるまで眠っている。

ナズナだけは、何か月か前から、早めに起きて台所でミスミを手伝うようになった。そのかわり、学校が終わっても村に住んでいる友達のところに遊びに行って、なかなか帰ってこない。朝手伝ったぶん、午後は免除してもらおうということらしい。

そういう自主性のあらわれは悪いことではないので、ミスミと相談して、好きなようにさせている。

「やけに眠そうだったな」

よたよたとした足取りで家の中に入っていくナズナを見送ってから、父さんが案じ顔になった。我が家の一人娘は、朝に強い。あんなに寝ぼけた顔をみせるのは、珍しいのだ。

しかしわたしは、心配していなかった。子どもは畑の作物といっしょだ。日々、成長しながら様子を変える。決定的な問題をかかえているきざしでもないかぎり、ほうっておくのがいちばんだ。

「環境が変わったせいで、よく眠れなかったんだろう」

わたしは軽い調子で父さんに答えた。

わたしや父さんの夢見が悪かったのも、それが原因かもしれない。いや、めったに飲まないワインのせいか。

牛小屋に行き、ふたりで手分けして乳を搾った。

牛の乳房《ちぶさ》は温かかった。夢の中で背後のパイプが発していた熱とちがって、命を感じさせる温かさだった。

目の前に垂れ下がる、やわらかいのに張りのある乳房に、顔をうずめたい衝動にかられた。実行はしなかったが、そのとき思った。あの夢で、わたしはきっと、透明なドアを抜けて、ここに帰ってきたかったのだ。それであんなにあせっていたのだ。

乳を搾りおえて、牛を外に出し、敷き藁を換えていると、シホンさんの馬車がやってきた。シホンさんは毎朝、このあたりで牛乳を集めて村へ売りに行っている。

牛乳を入れた容器を渡して、シホンさんが帳面に分量を書き留めるのを確認し(帳面にペンで書かれた文字はいい。モニター上の表示とちがって、勝手に書き変わったりしない)、敷き藁をきれいにしおえると、牛小屋を出てかんぬきをかけた。

かんぬきは、横木をちょっと持ち上げてすべらせるだけの簡単なものだ。風でとびらが開いてしまわないようにするためのものだから、それで事足りるのだ。

持ち上げてすべらせた横木がカタッと穴にはまったとき、ほうっとまた、安堵のため息が出た。

ここではすべてが、〝当たり前〟に動く。

横木をにぎった手を左に動かせば、横木も左に動く。

物を押せば、物はわたしから遠ざかるし、引っ張ればこっちに来る。

ドアなどは、蝶番《ちょうつがい》の働きで、まっすぐ押しても回転しながら向こうに動くが、その作用は目で見て理解することができる。

そんな〝当たり前〟が、この朝は、胸が熱くなるほどありがたかった。

家に戻ると、ベーコンの焼けるいいにおいが玄関近くにまでただよっていた。

カナンさんが作るベーコンは絶品だ。ソーセージや薫製肉も、隣村やもっと遠くから人が買いに来るほどだ。

以前、うちでも豚を飼おうとしたことがあったのだが、ミスミや子どもたちに反対された。それでは、カナンさんのベーコンが食べられなくなると。

うちで作れるものをわざわざ人から買ったりしないから、豚を飼えば、そういうことになるわけだ。なるほどと納得して、豚にまで手を広げるのはやめた。やめてよかったと、カナンさんのベーコンのにおいをかぐたびに思う。

ミスミは、ベーコンエッグのほかに、朝採れの野菜でスープとサラダを作っていた。メニューとしてはいつもと同じだが、客を迎えて張り切っているのだろう。スープの具はふだんの倍は入っているし、サラダの野菜はいろどりを意識して選んだらしく、皿の中は小さな花畑のようだった。

色合いだけでなく、形もやけに整っている。野菜の一切れ一切れを箸でていねいに並べていったのだろう。

各人の皿の下にランチョンマットまで敷かれているのに気づいたときには、ミスミの張り切りようがおかしくて、思わず顔がほころんだ。夢のざらざらした感触が、ようやく完全に消えた気がした。

朝食後、客人は宿泊の謝礼を払いたいと言い出した。わたしはもちろん、断った。困っているときはお互い様です、と。

では、せめて、何かお手伝いをさせてくださいとの申し出は、よろこんで受け入れた。

薪割りを頼んでから、わたしは父さんと牧草を刈りに出かけた。

草刈り鎌を動かしながら、客のことを考えた。

ゆうべ彼は、スオウと名乗った。スオウはたしか、色の名前だ。彼らは、色の名前を偽名に使うと聞いたことがある。

子どもたちが、やけにおとなしいのも気になっていた。

特に、ナズナとハラン。はしゃいで陽気になってもいい状況なのに、ゆうべも今朝も、口をどこかに落としてきたかと思うほど、おしだまっていた。

子どもは、おとなの予測を裏切る「おや?」という行動をとりがちだ。ふたりとも、まだ〈ごっこ遊び〉をしたがる年齢だから、頭の中でお客さんに勝手な役を割り振っているだけかもしれない。

けれども、家畜や野山の生き物が自然災害の前兆を、人間よりも敏感に察知するように、幼い子どもほど、不穏な出来事の前触れを感じ取ることができるのではないだろうか。

どうして、わたしと父さんは、ふたりそろって悪い夢をみたのだろうか――。

ぶるん、とわたしは頭をふった。

顔を上げて、遠くの緑に目をやった。雨にほこりを洗われて、空気が澄みきっているためだろう。山も森も美しかった。

「雨は必要なのだ」

わたしはつぶやいた。

雨の到来は、時にやっかいだし、時に悲劇を引き起こす。それでも雨は必要なのだ。

それに、必要でなくても、避けることはできない。


ころあいをみて、客人の――スオウさんのところに行ってみると、頼んだ分の薪割りは終わっていた。

ろくに筋肉のついていないようにみえる華奢なからだつきなので、だいじょうぶかと案じていたが、杞憂だったようだ。

薪割りは、力よりコツがものをいう仕事だが、肉体労働に慣れていない人間は、そもそも斧をきちんと持ち上げられない。

スオウさんは、見かけのわりに体力があり、おまけに器用な人間のようで、薪はきれいに均等に割られていた。

「これ、どこに運びましょうか」

さほど疲れをみせない顔で、スオウさんは言った。

「いや、もうこれくらいでじゅうぶんです。あとは、こちらでやりますから」

どうぞ、旅を続けてくださいとの気持ちをこめて答えると、スオウさんは、帽子を脱いで、胸の前にやった。

「もしも……お手伝いできることが、ほかにもあれば、やらせていただきたいのですが」

これはもう、謝礼の申し出ではない。求職活動だ。

少しはなれたところに立っている父さんのほうに目をやると、関心なさげに空を見上げていた。

わたしの好きにすればいいということか。それとも父さんは、昨夜の夢を思い出しているのだろうか。あの夢は、こういうことの前兆だった。いや、この事態を予感していたから、あんな夢をみたのだと。

「どれくらいの間ですか?」

「二、三日でもかまいませんが、できれば一週間か十日くらいは」

これは、彼らが滞在するといわれている期間と同じだ。

しかし、いいおとながそんなことにびくびくするのはおかしいと、わたしは自分に言い聞かせた。

彼らについての話は、ほとんどがうわさにすぎない。それに、彼らが実在することは確かだが、その数はとても少ない。スオウさんがふつうの旅人である可能性のほうが、ずっと高いのだ。

短期間の住み込みの仕事をしながら旅する人間は、それなりの頻度でやってくる。平穏でも変化にとぼしい生活に、遠くからの風を吹き込んでくれる、歓迎すべき人たちだ。

なかには手癖の悪い輩《やから》もいるが、治安を乱すほどの悪人はめったにいない。たいがいが、気のいい放浪者だ。賃仕事も、もうけるためというより、手元の金の補充がしたいだけなので、安く働いてくれるのが、われわれ農家にとってありがたかった。

スオウさんも、わたしが提示した低めの日当を、しぶることなく承諾した。

わたしたちが契約成立の握手をかわしたとき、背後から父さんの声がした。

「どうせなら、稲刈りの時期に来てくれればよかったのに」

父さんはいつのまにか、わたしのすぐうしろに立っていた。スオウさんは、一瞬たじろいだような顔をしたが、すぐににっこりと笑った。

「そうですね。すみません」

父さんに悪気はないのだ。ただ、聞き手の気持ちを考えずに、思ったことをそのまま口にしてしまうだけで。

「いまだって、やってもらうことはいろいろあるから、助かりますよ」

わたしのとりつくろうようなせりふにも、スオウさんは社交的な笑顔で応えた。

けれどもこれは、嘘ではない。父さんがひざを悪くしたのと同じころから、長男のセージが何をしていても気がそぞろになった。

その理由がわかるだけに、しかるわけにはいかないし、しかっても、気が入らなければ、仕事の能率は上がらない。

なにしろ農作業というものは、単純な肉体労働にみえて、そうではない。自然を相手にしているのだから、細やかな臨機応変の対応が必要だ。気持ちを入れずに機械的に手を動かしていたのではつとまらない、奥の深い仕事なのだ。

農業のそういうところが、わたしは好きだ。

この世界の農業の、ということだが。

ひとつひとつの作業は、単純にからだを動かすことで成り立っている。

物を押せば、物はわたしから遠ざかる。引っ張れば、近づく。そういう、目に見える物理の法則の中で、すべてが進む。

そこでは、ボタンを押すと、遠くはなれた村にある一軒の家の窓が開く、などということは、おこらない。だから、ボタンを押しまちがえて（あるいは、その仕掛けのどこかに目で見てもわからない電子的な誤りがあり）、遠くはなれた村にある一軒の家の窓を開けようとしたのに、そのかわりに、我が家の鶏小屋の戸が開いてしまい、鶏をみんな逃がしてしまう、などということはおこらない。

そこには、便利にして悪夢のもととなる、複雑なシステムは存在しない。目の前で、原因と結果がつながっているのだ。

それだけだったら単調すぎて、わたしにかぎらず多くの人間があきあきしてしまうことだろう。けれども、原因と結果がまっすぐにつながっているのは、「ひとつひとつの作業」の話だ。農業とは自然相手の営《いとな》みだから、そうした作業をていねいに積み重ねても、天候のせいで、思うような収穫が得られないことがある。どうしようもない病気で、大事に育てた牛が死んでしまうこともある。原因不明の不作や生育不良もおきる。

だから、おもしろい。

いや、個々の場面では、おもしろがる余裕はなく、不作も生育不良も大きな悩みのタネなのだが、長い目でみると、そういう一筋縄でいかないところが、自然相手の仕事の醍醐味なのだ。

そのうえ、農業では、やることが日々、変化する。時間とともに天気が変わり、月日とともに気候がうつり、作物が育ち、実り、牛は体調を変えたり、身ごもったりする。それに合わせて、つねに最適の段取りを考えなければならない。

うちでは、牛と田んぼと畑をやっている。自家用のみだが、鶏も飼っている。畑は単作でなく、いろいろな野菜を組み合わせて栽培しているから、一種類の不作で壊滅的な打撃を受けることがないかわりに、段取り決めは、まるでパズルだ。

そしてわたしは、パズルを解くのが好きなのだ。このパズルには、絶対的な正解がないものの、うまく解けると良い収穫という報酬が出る。

この、単純にして複雑で、手応えたっぷりの農業という仕事に、わたしは飽きるということがない。

しかし、セージにとっては、そうではないようだ。少なくとも、いまのところは。

だから、何をしていても上の空だし、ときには手を止めてぼんやりと考え事をしている。

我が家の仕事は、そんなわけで、いつやってもいいようなものから遅れがちになっていた。

父さんのひざは良くなりそうにないし、セージがいつまでもこのままなら、牛の頭数を減らすか、畑の作物の種類を少なくするべきかもしれないと案じていたが、この器用そうな客人が一週間ほど働いてくれるなら、しばらくはそうした心配を忘れられそうだ。

「ほんとうに助かります。どうぞよろしく」

心から頭を下げると、スオウさんも一礼した。

「こちらこそ、よろしくお願いします」

それから、帽子を頭にもどすと、ついでのように言った。

「今夜から、寝場所は納屋でけっこうですよ」

わたしに対しては、今後は客人でなく使用人としてあつかってくださいと、父さんには、ベッドを返しますよと言いたいのだろう。しかし、その寝場所には問題があった。

「うちの納屋で寝るには、勇気がいりますよ」

「幽霊でも出るんですか」

「いいえ。少々がたがきていまして、いつつぶれても、おかしくないんです」

そこまで言うと大げさだが、近いうちに修繕が必要なのはたしかだった。目先の用事にかまけて後回しにしていたが、人手があるうちにやってしまおう。

「そこで寝ると、こちらが幽霊になるかもしれないわけですね」

ぽんぽんとテンポよくことばが返ってくる。こういう会話は久しぶりだった。やはり、新鮮な相手がいてくれるのはいいものだ。

「よかったら、玄関のすぐ脇にある小部屋にベッドをつくりますから、そこを使ってください。物置きにしていた、窓もない狭い部屋で、申し訳ないのですが」

「母屋《おもや》に個室がいただけるなんて、ぜいたくな話です。納屋に寝るのも、嫌いじゃないんですが」

旅の好きな人間なら、そうなのかもしれない。野宿もいとわず、野外に近い環境を好む。

やはりスオウさんは、ふつうの旅人だと、わたしは自分に言い聞かせた。

「雨は」とつぜん父さんが、わたしたちのあいだのなごやかな雰囲気をぶちこわす大声をあげた。「降るなら、さっさとそうしてほしいものだ。降りそうで、いつまでもぐずぐずされるのが、いちばん困る」

これにはわたしもとりつくろいようがなくなって、話題を変えるのに何を持ち出せばいいか思案していると、スオウさんがまた、にっこりと笑った。

「そうですね。その点、ゆうべの雨は、さっと降って、朝にはあがってくれた。いい雨でしたね。でも……」

くちびるの両端がさらに上がって、笑みが濃くなった。するとそこに、感じのいいほがらかさを超えた、いどむような表情が浮かびあがった。役者のようだった顔に、初めてなまなましい感情がのぞいた気がした。

「天気のことは、人間にはどうしようもありませんから」

父さんは、「ふん」と鼻から荒い息を吐くと、濡れた草をけちらしながら行ってしまった。

父さんは、気に入らない人間に対しては、ふだん以上に無愛想になる。そしてどうやら、父さんは、わたしとちがって、スオウさんを気に入っていないようだ。

これからの一週間を考えて、わたしはそっとため息をついた。

花園家の人々　4　ミスミ

ワイングラスは、すっかり乾いていた。

ゆうべ、洗ったあとで、寄せ木細工の鍋敷の上に、伏せて置いておいたのだ。透明のワイングラスが逆さまに並んでいる光景は、子どものころに紙芝居で見た、氷の国の都みたいだった。

手前のひとつを、ふきんでつまんで持ち上げて、窓に向かってかざしてみた。涌き出たばかりの清水のように透き通っていた。ていねいに洗ったから、汚れや指の跡はどこにもない。窓から入ってくる光を受けて、きらりきらりと輝いている。

手首をくいっと傾けると、グラスの縁で、緑や赤の光がはじけた。いいお天気になってよかったと思った。

ゆうべは、このきらめきのような、楽しい一時《ひととき》が過ごせた。家族水入らずの食事もいいけれど、飛び入りのお客さんを迎えると、時間が虹色に輝く気がする。

ワイングラスをひとつずつ、布と紙とでくるんでいった。今度この、我が家でいちばん上等の食器を出すのはいつだろうと考えてみた。

たぶん、エンレイの四十八歳の誕生日だ。いまからその日が楽しみだ。どんなお料理をつくろうかな。

グラスをひとつ、専用の箱にしまったとき、心が騒いだ。

エンレイの誕生日は、まだ四か月も先だ。それまでに、何があるかわからない。その日を家族六人全員で迎えられるかどうかだって、確かなことは、わからないのだ。

振り返って、食卓を見た。

樫の木でできた、どっしりとした大テーブル。

そのまわりに、朝晩はみんなが集まって、そろって食事をとる。夜の長い冬場には、トランプやボードゲームをすることもある。

我が家の団欒《だんらん》の象徴である食卓が、いまはがらんとしていた。なんだか、この世にひとりっきりで取り残されたみたいで、心細くなった。

おかしいな。子どもたちは学校に行っているだけ。家のすぐ外には、エンレイもお義父《とう》さんも、お客さんまでいるというのに。

胸に手を当てて、自分に言い聞かせた。

不安になる必要なんてない。先のことがわからないのは、当たり前だ。わからないから、人生は楽しい。だって、反対の可能性もある。

エンレイの誕生日は、まだ四か月も先だから、その日が来る前に、思いがけずワインを開けるようなうれしいことがおこるかもしれない。

たとえば、なつかしい古い知人が急に訪ねてくるとか。そうして、六人ではなく、七人、八人で食卓を囲んで、楽しくにぎやかな時を過ごす――。

胸の中が温かくなってきた。

やっぱり、どうなるかわからない未来のことをついつい考えてしまうのなら、いいほうに目を向けるようにしなくては。

「人間は、その気になれば、いつでも幸せになれるのです」

昔、学校の先生がおっしゃった。

「病気やけがで、耐えられないほどの肉体的な苦痛がつづいているとか、飢え死にしそうなほど食べものがない、飲みものがないといった状態でないかぎり――つまり、生きていくうえでの必要が、あるていど満たされていれば、そう苦労せずに、誰でも、いつでも、幸せを感じることはできるのです」

先生はいつも、そこまで言うと、少し出した舌先で上唇をぺろりとなめた。「いましゃべっていることは、教科書の内容と関係がない、ただの雑談ですよ」とでもいうように。

けれども、こんな話を何度も繰り返したのだから、きっと先生にとって、教科書に書かれていること以上にわたしたちに伝えたい、大切なことだったのだと思う。

「つまり、人間はいつでも幸せのタネをもっていて、それを見ることさえできれば、幸せを感じることができるのです。その反対に、自分のもっている幸せに目をやることができなければ、どんなに恵まれた境遇にあっても、心は満たされないでしょう。そして残念ながら人間は、自分の幸せが見えにくい目をもっているのです。たとえば……」

話の大筋はいつも同じだったけれど、たとえとして出てくる例は毎回ちがった。だからわたしたちは、繰り返しの話を飽きずに聞くことができた。

「たとえば、あなたたちの中には、学校にくるのに、一時間以上歩かなくてはならない人がいますね。その人たちは、雨の日や、太陽が照りつける日や、歩き疲れたときなど、毎日こんなに歩かなくてすむようになったら、どんなに幸せだろうと思うのではないでしょうか」

わたしは思わずうなずいた。そのころわたしが住んでいた家は、村まで歩いて一時間とちょっとのところにあったのだ（父さんと、母さんと、兄さんと、姉さんと、妹ふたりと住んでいた家！　みんないまごろ、どうしているだろう）。

「そして、こんな想像をしたりしていませんか。鳥みたいに空が飛べたらいいな。学校まで、すいーと飛んで行けたら、幸せなのに」

わたしはまた、うなずいた。そういうことを、それまでに三十回くらいは思ったことがあった。

「せめて、馬車で送ってくれる人がいたらいいな、と考えたり」

これもある。鳥になる空想とちがって、そういうことは、たまにおこった。村に向かう馬車が通りかかって、「乗っていくかい」と声をかけてもらえる。

だけど、そういうことをするのは子どものためにならないと信じるおとなが多かったし、そうでないおとなも、毎日のことだから、道を行く子にいちいちかまっていられなかったのだろう。ほとんどの場合、馬車がやってくる音がして、どきどきと期待したのに、止まりもせずに行き過ぎてしまって、ほこりをあびながらがっかりすることになった。それなのに、馬車の音がするとまた、期待してしまう。

「でも、どうせなら、もっと大きなことを想像してみましょうか。馬車は馬車でも、少しも揺れない魔法の馬車が、家から学校まで、あなたを運んでくれるのです。その馬車には、屋根もしっかりついていて、雨が降っても濡れずにいられる。景色はしっかり見えるけれど、風を少しも通さない、大きなガラス窓もついている。川の水が流れるよりももっとなめらかに動くので、長く乗っていてもお尻が痛くなることがない。それでいて、魔法の馬車は、ふつうの馬車よりうんと速く走るのです」

それは、ぜいたくすぎると思った。歩かなくてすむだけで、ものすごくありがたいのに、そこまで楽をしてしまったら、悪いことがおこりそうで、わたしは気分がしずんでしまった。

教室全体がそういう雰囲気になったのをみて、先生は声を張り上げた。

「おじけづくことはありません。想像するのは自由です。紙芝居や本の中の物語には、もっとすごい魔法が出てくるでしょう。そしてみなさんは、主人公の気持ちになって、わくわくしながら、その魔法を楽しんでいるでしょう。さあ、目を閉じて、想像してみてください。少しも揺れずにすごい速さで、どこにでも行ける、魔法の馬車を」

先生の言葉こそ、魔法だった。尻込みしていたわたしの心が、先生の語るイメージに押されて、ぐんぐんと前に進む。しかも、似たような話を何度も聞いて、次にどう展開するかすっかりわかっていたのに、やっぱりここで魔法のすばらしさを想像して、うっとりしてしまうのだ。

少しも揺れない魔法の馬車って、どんな乗り心地だろう。

わたしはまず、そのあたりから考えてみる。

壁に背中をつけて、ベッドにすわっているような感じかな。それとも、居間にある、父さん用のソファ？

窓の外では、景色がどんどん流れていく。窓にはガラスがはまっているから、風になぶられることも、ほこりを吸い込むことも、小さな虫にまとわりつかれて、いらいらすることもない。

低く流れるそよ風になった気分かな。それとも、川舟に乗っているみたいな感じかな。この前、紙芝居で見た、魔法のじゅうたんに乗って、空を飛ぶのに似ているのかな――。

ぽわんと幸せにつつまれたころ、先生の声がする。

「そんな乗り物で学校に通えたら、どんなに幸せだろうと、みなさんは思うでしょう。でも、実は、いまと変わりはしないのです。その夢が現実になったときには、天にも昇る心地になるでしょう。うれしくてうれしくてたまらないでしょう。けれども、そういう気持ちは、長くは続かないのです。うれしいことも、ありがたいことも、毎日同じように繰り返されると、すぐに、当たり前になってしまうのです」

「えー」と誰かが抗議の声をあげた。わたしも同じ気持ちだった。そんなはずはない、と思ったし、そうかもしれないけど、そんなのいやだ、とも思った（ただしそれは、最初のうちだけで、同じ話が繰り返されるうちに、このあたりのやりとりは、儀式的なものになっていった）。

「それは、ある意味、しかたのないことなんですよ」

先生は、わたしたちをなだめるように話を続けた。

「人間の頭のしくみは、そうなっているのです。毎日の生活に組み込まれている物事――日課となったことに、いちいち感情を大きく動かされていたら、大変です。だから、魔法の馬車で学校に通うようになって、有頂天になってよろこんでも、それは最初のうちだけで、あなたたちはすぐに慣れてしまうでしょう。当たり前になって、特にうれしいと感じなくなるでしょうし、それどころか、そのうちに、不満をもつようになるかもしれません。『歩いて通っていたときには、もっと景色がよく見えたのに』とか、『この馬車がもっと速く走れたら、もう少し長く寝ていられたのに』とか」

わたしは首を左右にふった。わたしはきっと、そんなふうにはならない。

でも、うなずいている友達もいた。両方の反応を受け止めるように、先生はやさしくほほえんだ。

「不満をもっているとき、あなたたちは幸せではありませんね。それはけっきょく、自分が損をしていることなのです。考えてみてください。学校への長い道を、歩いて通うときにも、だれかの馬車に乗せてもらっているときにも、鳥になって飛んでいったり、魔法の馬車でびっくりするほど快適に進んでいるときにも、わたしたちはそのなかに、よろこびを感じることができます。当たり前だと思うこともできます。不満を見つけることもできます。だったら、よろこびを感じたほうがいいじゃないですか。通わなければならない道を、どうやって進むかが問題ではないのです。そのときに何を感じるか、何を感じようとするかが大切なのです。少しずつでも意識して、自分の気持ちをよろこびのほうにもっていく習慣をつければ、あなたたちは、幸せな人間になれるのですよ」


同級生の中には、この話に納得する人と、おかしいぞと首をかしげる人がいて、学校がおわったあとの教室で、みんなでわいわい言いあった。

「そうだよね。人間って、自分の心ひとつで、幸せになれるんだよね」

わたしが思ったのと同じことを口にする友達もいた。でも、反対意見を言う人たちのほうが、声が大きかった。

「いいや、おかしいよ。歩くより馬車のほうが楽に決まってるのに、心の問題にしちゃうのは、絶対、おかしい」

「あたしは、魔法の馬車を手に入れたら、ずっと幸せでいられる気がするな。そりゃあ、最初ほどじゃなくなるかもしれないけど、まるっきり当たり前になっちゃったりはしないと思う」

「それに、不満をもつのって、悪いことじゃないだろう。歩くのがしんどいなって思うから、人間は馬車を発明できたんじゃないか。魔法の馬車で、もっと景色をよく見たいなとか、不満を感じたら、よく見えるように工夫すればいいんだ」

そう言った男の子は、工作が得意で、教室のドアが固くて開きにくかったとき、のみとかんなで直してくれた。お母さんの糸車を、仕事がしやすいように改造して、喜ばれたのだと自慢もしていた。

同級生たちが口々に批判するのを、わたしは黙って聞いていた。みんなの言うことがまちがっているとは思わなかったけれど、わたしは先生の話に感動していた。

人間は、自分の心ひとつで幸せになれる。

それは、すごいことだと思ったし、いつもそうできないとしても、そう考えられることは希望だと思った。

だからわたしは、ここにいる。

生まれ育った、この村に。

先生の話について論争したのは最初のうちだけで、似たような話が繰り返されるうちに、わたしたちはそれを話題にしなくなった。だけどみんな、口には出さずに、自分の思いを育てていたのだと思う。

やがて、先生がどうしてそんなことを語ったかがわかる日が来て、この土地を去る人間は去っていった。

わたしは残った。

そして、幸せに暮らしている。

その幸せは、魔法の馬車を空想したときのような、ぽわんとしたものとはちがう。いつでも楽しい気持ちでいるわけでもない。毎日の暮らしの中には、いやなことも、つらいことも、腹が立つことも、苦しいこともある。

けれども、少し落ち着いたときに自分の心にたずねてみると、自信をもって答えられる。わたしは幸せに暮らしていると。

これは、先生の教えのおかげだろうか。

ううん、ちがう。同級生の半分くらいが反対した先生の話に、最初からうなずけたわたしは、きっともともと、暮らしの中の幸せを見つけるのがじょうずなのだ。

そう考えると、ずいぶん得な性分に生まれついたのだという気がして、いっそうわたしは幸せになる。

幸せの落とし穴は、わたしの場合、先生がおっしゃっていたような「慣れてしまって当たり前に感じてしまう」ことではない。この幸せがなくなってしまうことへの不安が、ときどきふいにやってくることだ。

たとえばエンレイが、四か月後の誕生日に、この家にいなかったら——。

そう考えるとわたしは、落ち着きがなくなって、だいじなワイングラスを落としてしまいそうになる。

子どもたちが変わっていくこと、いつかこの家を出ていくかもしれないことには、覚悟ができている。

だって、子どもを育てていると、〝幸せな現在《いま》〟は、びゅんびゅんと音をたてて通り過ぎる。

まだ目も開かない赤ん坊のセージが、ふにゃりと笑った、あの瞬間。

初めて立ち上がって、三歩を歩いたナズナが、ひざまずいて待っていたわたしに全身をぶつけるようにして抱きついてきた、あの刹那《せつな》。

三人の子どもが背中をならべて夕日をながめているのを、後ろから見守っていた、あの時間。

できることなら、時を止めてしまいたかった。

けれども、時間はけっして止まらない。子どもたちは、次々に新しい顔をみせる。新しい幸せと、新しい苦労を運んでくる。

いまではもう、いちばん下のハランでさえも、時間を止めてずっとながめていたくなるような無邪気な笑顔を、めったにみせなくなった。けれどもそのかわりに、おとな顔負けの、はっとさせられるようなことを言って、わたしを驚かせたりする。この小さな頭に何がつまっているのか、中をのぞいてみたくなる。

それは、愛くるしさに息がつまるときとまたちがう、親としての喜びだ。「いつのまにか、こんなに成長したんだな」と感心すると同時に、わたしのお腹から生まれた赤ちゃんが、わたしとはちがう人間になっていく不思議に胸が躍る。赤ん坊の殻をやぶって、子どもがあらわれ出て、子どもの殻をやぶって、少年や少女があらわれる。そこに立ち会う幸福と、その元をわたしが生み出したのだという誇らしさ。

もうそろそろ、いちばん上のセージは、はっきりと、おとなの顔つきをするようになった。そして、子どもたち三人がいっしょに仲良く遊ぶ姿は、もう見られない。

さびしいけれど、でもそれも、成長のひとつの段階。人はみんな、自分の人生を自分で決めなければいけないのだから、あの子たちには、ひとりで自分を見つめる時間が必要なのだ。


子どもたちが成長すると、肌や目で感じるよろこびは少なくなってしまうけれど、会話の楽しみはふえていく。

小さなナズナをくすぐって、笑わせて、ただそれだけで幸せだったころ、あの子に自分の恋愛経験を語る時がくるとは、想像もしていなかった。

女の子を産んでよかったと思った。男の子相手では、いくつになっても、そんな話はできないだろう。

ナズナは熱心に耳を傾けて、驚くほどの理解をしめしてくれた。いつのまにかわたしは、ナズナが聞きたがるからというより、こちらがそうしたくてしゃべっていた。友達にも話したことがない――自分でも忘れていた思い出がどんどん出てきて、もう一度、恋にときめいている気分になれた。ナズナもいっしょにときめいているのがわかったから、川の流れのそばで娘に恋を語ったあの時間は、わたしの宝物になっている。

ただし、ほんとうのことばかり話したわけではない。

わたしはまるで、恋を知ったその瞬間から、エンレイだけを好きだったように語った。初恋と、二度目の恋と、三度目の最後の恋をいっしょにして、ひとつづきの出来事につくりかえた。

実際には、わたしの初恋の相手は、三つ年上の近所の男の子で、いまでは村で小間物屋をしている。二十歳を過ぎたころから、すっかり分別くさい顔になって、わたしが恋したころの面影はまったくない。

買い物をするときに、たまにその人を好きだったことを思い出して、「こんな人のどこがよかったんだろう」と不思議に思う。その人が奥さんを乱暴にしかりつけるのを聞いて、「この人と結婚することにならなくて、よかった」とほっとする。

そういう感情は、まだナズナには理解できないだろう。

わたしの初恋は、実らなかった。そのときには、涙におぼれてしまいそうなほど泣いたけれど、やがて二度目の恋をした。その相手とは、つきあうことになった。

世界でいちばん幸せな人間は自分だと確信できるほど浮かれた気持ちでいたのは、ほんのわずかなあいだだった。嫌われまいとけんめいに努力するつらさが、あっというまにすべての喜びを消し去った。そのうえ、まもなく「この人とは合わない」と感じはじめた。いっしょにいても疲れるばかりになって、勇気をふりしぼって別れ話をきりだして、けんかになって、ずいぶんもめて……。

まだ初恋も知らない、恋に恋している子どもに、そんな話はできない。

いつかナズナも、だれかを好きになるだろう。そして、その恋は、うまくはいかないだろう。初恋は、実らないものだから。

ナズナが恋に破れたそのときに、ほんとうのことを話そうと思っている。「初めての恋なんて、まだまだ恋愛の練習みたいなもの。わたしだって、実を言うと、最初から父さんに恋したわけじゃないのよ」と。

そのときが楽しみなような、でも、初恋を失ったときの苦しさはよく知っているから、あの子にそんな思いをさせたくないような。

それでも、いつかナズナは恋をする。セージも、ハランも。

そうやって、子どもはおとなになる。止めようがないし、止めてはいけない。

おとなになった子どもたちは、自分の人生を自分で決める。その結果、家を出ていくことになるかもしれない（セージなんて、もう、ここを出ていきたくてしかたないという顔をしている）。

その覚悟はできているけれど、三人のうちのひとりくらいは、残ってくれるのではないだろうか。

その子が結婚して子どもが生まれたら、幼子《おさなご》のあどけない笑顔をながめるよろこびが、ふたたびおとずれる。今度は、母親としてではなく、おばあちゃんとして！

そのときのことを考えると、胸がふるえる。

でも、期待しすぎてはだめ。子どもたちは、三人とも出ていってしまうかもしれない。あの子たちが自分でそう決めるなら、それはしかたのないことなのだ。

それでも、エンレイやお義父《とう》さんと、子どもたちの思い出を語りあいながら、少しさびしくても、わたしは幸せに暮らしていけるだろう。エンレイさえそばにいてくれたら。

だけど、もしも彼がいなくなってしまったら――。


そんなことを考えていたから、エンレイが玄関ポーチへと上がってくる足音が聞こえたとき、わたしは心底ほっとした。

同じように五段の階段を上がる音で、それが誰かがわたしにはわかる。最近ちょっと、セージの足音がエンレイのに似てきたのがおかしいけれど、区別ははっきりとつく。

エンレイは、ひとりで家に戻ってくると、まっすぐ台所にやってきた。

「ミスミ。スオウさんに、しばらくうちで働いてもらうことになった」

エンレイの顔を見て不安をふりはらったよろこびが、すうっと消えた。

「そう……」

スオウさんは感じのいい人だ。しばらくうちにいてもらえるのは、うれしい。食卓がにぎやかになるし、エンレイやお義父さんも楽になる。だけど——。

「一週間か、十日くらいということだ」

エンレイの目尻がうなだれた。くちびるは笑っているのに、目は泣いているみたいな、情けない顔。

わたしは胸がきゅんとなった。ふだんは陽気で頼りがいのあるエンレイが、弱みをみせるのはめずらしい。そのめったにない顔を見ると、つきあいはじめたころみたいに、胸がきゅんとしてしまうのだ。

「父さんのところに、かな」

エンレイのくちびるの笑みが消えた。わたしははずかしくなった。彼が何を恐れているか、知っていたのに、自分の気持ちにかまけて、それを心配するのを忘れていた。

「だいじょうぶよ。スオウさんは、きっと、ふつうの旅人よ」

わたしの根拠のないなぐさめにも、エンレイは笑顔をみせた。笑っているのにやっぱり情けないその顔をもっと見たくて、わたしは続けた。

「それに、そうじゃなくても、お義父さんのところにきたとはかぎらない」

それが、エンレイの恐れていることなのだ。

「わたしのところかもしれないじゃない。だったら、何も問題はないでしょう」

お義父さんのところでも、わたしのところでもなく、エンレイのところにきたのかもしれない。

その不安を、わたしは表に出さずに、ぎゅっと押さえつけた。

「でも、可能性としていちばん高いのは、父さんのところだよね」

四十七歳の男が、父親を失うことをこんなに恐れるのは、おかしなことかもしれない。けれども、四歳のときに母親と別れることになった子どもは、いくつになっても完全には癒《い》えない傷をもっているものなのかもしれないと、エンレイを見ていて思う。

「だいじょうぶよ」

わたしはエンレイに近寄って、彼の顔を見上げながら、その黒髪に手をのばした。

「そうじゃないんだ、ミスミ」

エンレイが、自分の頭に置かれたわたしの右手を、そっと握った。

「そうじゃなくて、それもいいかもしれないと、ぼくは考えているんだ」

驚いて、わたしは言葉を失った。

「父さんのひざ、本人が言っている以上に悪そうなんだ。医者にも、治すことはできないと言われたし、これから悪くなる一方だろう。階段や、ちょっとした農作業も、どんどんつらくなっていく。これ以上、父さんを、この生活に縛り付けるわけにはいかないと思うんだ」

わたしは、エンレイに握られたまま右手を引き寄せた。それから、左手を彼の手の上にのせた。

「あなたがお義父さんを、ここに縛り付けているわけじゃない」

まちがえた。だれもお義父さんを縛り付けてはいない。お義父さんは、いたくてここにいる。この生活を楽しんでいる。満足していると言うべきだった。

でも、ひざのことはエンレイの言うとおりだ。

「だいじょうぶよ」

わたしは両手でエンレイの手をはさんだまま、また意味もなくつぶやいた。


それから昼下がりまで、いそがしく過ごした。

まずは洗濯。そのあと昼食を手早くつくって、草刈りをしている三人に届けた。自分のお昼は残り物をかきこむだけですませて、玄関脇の物置きにしていた小部屋を居心地がいいように整えて、ベッドをつくった。それから、家全体のそうじ。

からだを動かしていると、不安を忘れることができた。まだ何もおこっていないのに、先回りして心配してもしかたがない。エンレイも、お日様の下でからだを動かしているいま、きっとそう感じているだろう。

そうじのしめくくりに、玄関からごみを掃き出しているとき、ナズナが学校からもどってきた。最近は寄り道することが多かったのに、今日はまっすぐ帰宅したようだ。

ナズナは、わたしを見ると、小走りになった。

「母さん、どうしよう」

ポーチをかけあがると、ただいまも言わずに、泣きべそをかきかけた顔でわたしを見上げた。

ナズナは勝ち気な子で、親に対しても弱気な顔をめったにみせない。そのめったにない表情が、何時間か前のエンレイそっくりだったので、わたしは笑ってしまいそうになった。

それをごまかすために、おごそかに告げた。

「とりあえず、ごみの上に立つのをやめてくれる？」

ナズナは二歩横にずれると、眉を八の字にして訴えた。

「今日、ミミカが学校にこなかったの」

「病気？　だったら、お見舞いに行ってくればよかったのに」

そう言いながら、わたしはごみを掃き出しおえた。

「ううん。家族みんなで町に行ったんだって」

「引っ越しされたの？」

ミミカというのは、最近ずいぶん仲良くしている友達だから、それだったら、ナズナがこんな顔をするのもわかる。でも、あの一家が転居するという話は聞いていない。そういう予定があれば、何週間も前に耳に入るはずだけど。

「ううん。町に住んでいる叔父さんが危篤だって知らせが届いたから、お別れを言いに行ったんだって」

「ああ、そう」

町は、馬車で二日はかかる遠方にある。仕事で必要があるのでもなければ、なかなか行けるものではない。農業をやっていて家を空けにくい我が家など、もう十数年、ごぶさたしている。家族が六人そろっているうちに、一度くらいはナズナやハランを連れていってやりたいと思っているのだけれど、費用もかかるし、なかなか果たせないでいる。

そんな遠方に、ミミカちゃんのご一家は出発した。子どもに学校を休ませて。親戚の臨終は、それほど大事なことなのだ。死を前にした人間に、「ひとめ会いたい」と言われると、人は無理をしてでも、かけつけるものなのだ——。

この考えは、いやでもスオウさんを思い出させた。わたしの気持ちがまた、暗いほうに傾きかけたとき、ナズナがつぶやいた。

「どうしよう。ミミカに相談したいことがあったのに」

「帰ってくるまで待てないの？」

ナズナは、せっぱつまった顔をしていた。

「何を相談したかったの？」

「あのね」

そこまで言うと、ナズナはかたまってしまった。小さく口をあけたまま、ことばを失い、そんな自分に驚いたように目をみひらいている。

自分ひとりではどうしようもない思いが胸の中にうずまいているのに、それをわたしには話せないと感じているようだ。しかも、そう感じることにとまどっている。

さびしい。でも、うれしい。

慣れ親しんだ甘い痛みが、わたしの胸をやんわりと噛《か》んだ。

親であるとは、こういうことだ。成長しながらはなれていく我が子を、この痛みとともに見守り、見送ることだ。

「母さんには、話せないこと？」

聞いてみたが、ナズナには、いつものように笑ってごまかす余裕もないらしい。それどころか、首を縦とか横にちょっと動かすことさえできずにいる。

「そう。じゃあ、話したくなったら、いつでも話してね」

わたしは、かたまったままのナズナを玄関先に残して、夕食のしたくのために台所に向かった。

〈わたし〉の旅　微笑

〈カオア界〉の魅力のひとつに、朝の空気のおいしさがある。〈ジュイヘイ界〉のアロマ器具にも、〈真世界〉の空気清浄装置にも、こんなすがすがしさはつくりだせない。

夜明けとともに起床したわたしは、すでにひと仕事終えていた。起き抜けのからだも、この空気の中だと気持ちよく動いてくれる。

家の裏手にある森では、たくさんの野鳥が、地面にさえずりの雨を降らせていた。

その雨粒は、朝の空気に華やぎを添える色とりどりのビーズの粒。にぎやかで、しかし騒々しくはなく、楽しげだ。これで、しつこくまとわりついてくる羽虫の存在がなければ、ここをユートピアと感じたかもしれない。

朝食までには、まだ時間があるという話だった。それまで部屋で、汗を拭いたり着替えたりしていてくださいと言われたが、そんなことは数分でできる。

わたしはこの休憩時間に、ストレッチ運動をすることにした。あんまり怠けていると、からだがなまる。

ストレッチのような基本運動は、人目のないところでひっそりとやるものだが、この家で与えられたわたしの部屋は、狭小だった。必要なものが手の届くところに配置されていて、居心地はいいのだが、思いきり手足をのばせる場所ではない。

そこでわたしは、家からややはなれたところにある、ポプラの木陰にやってきた。そこには、ちょっとした運動ができる面積の、草木のない平らな地面があったのだ。

わたしは脚を開いて土の上にすわり、左右の脚のあいだに上体を沈めていった。まだ冷たい地面に、胸とのばした両手がつくと、大地にからだごと接吻している気分になった。土の匂いのする空気をしっかりと吸い込んでから、からだを起こした。

そのとき、人影が目に入った。少しはなれたところにある木のうしろに素早く身を隠したが、ナズナだということはすぐわかった。

知らないふりをして、ストレッチを続けた。両脚を地面につけたまま、上体を後方にねじる。すると、別の人影が見えた。セージだった。

ハランもどこかにいるかと、立ち上がって、からだの回転運動をしながら目を配ったが、観客はふたりだけのようだ。

ストレッチを終えて、シャツについた土を払っていると、セージが動いた。意を決した表情で、ポプラの幹をはなれて、こちらに向かってくる。わたしの前までくると、挑戦状でも叩きつけにくるようだったけわしい顔は、弱気なものに変わった。

「あの、スオウさん。えーと……」

言いよどんで視線をさまよわせたとき、木のうしろからのぞいている妹を見つけたようだ。

「ナズ。そこで何をしている」

兄らしい、きびしい声を飛ばした。

「別に、何も」

木の陰から出てきたナズナは、袖口にレースのついたかわいらしいブラウスを着ていた。昨日はひとつにくくっていただけの髪も、若草色のリボンを編み込んだひとつ結びにしている。学校で行事でもある日なのだろうか。

「こんなところで遊んでないで、家にもどって母さんを手伝えよ」

「そんなの、あたしの勝手じゃない」

ナズナはむっとした顔で言い返したが、そこで険のある表情を引っ込めて、ふうと、疲れたおとなのようなため息をついた。それから、まだ何か言いたげな顔でセージとわたしの間で視線をさまよわせていたが、結局、何も言わずに、背中を向けて歩み去った。

「変なやつ」

セージはつぶやいてから、あたりをぐるりと見渡して、ほかに誰もいないことを確かめた。

「あの……教えてもらいたいことがあるんですけど、いいですか」

わたしは首を少しかたむけて、にっこりとほほえんだ。

わたしたちには、答えてはならない質問がたくさんある。特に、正体をさぐってくるような問いかけには、肯定も否定もしてはならない。どちらも、何かを答えたことにはなるからだ。

訪れた先の人たちが、わたしたちのことを勘繰るのは当然だ。むしろ、その反応の中で、人々は自分をさらし、こちらの仕事をやりやすくしてくれる。

だからわたしたちは、多くの質問に対して、ただにっこりと笑ってみせる。仮面のようなほほえみは、こちらの情報は与えずに、勘繰りだけを助長するから、そう対応するようにと規則で決まっているのだ。

セージは、妹ほど勝ち気そうではなかったが、よほどの決意をかためてきたのだろう。たじろがずに質問した。

「スオウさんは、どこから来たんですか」

あるいはまだ、この手のほほえみが拒絶を意味すると理解できない子どもなのかもしれない。真剣にたずねれば、おとなはなんでも教えてくれるものだという、甘えに似た期待を瞳に宿していた。

「西からだよ」

「そうじゃなくて」

セージの眉が、哀願するように中央に寄った。

「ここじゃない世界のことを聞きたいんです。知りたいんです。どんな小さなことでもいいから、教えてください」

「前に話さなかったかな。ずっと西のほうにある村に、新しい集会所ができたこと」

「そうじゃなくて」

いまにも地団駄を踏みそうに、からだをいらいらとゆすったあと、ようやく、わたしの最初から変わらない笑顔の意味に気づいたようだ。

「……そうですか。変なことを聞いて、すみませんでした」

低い声でつぶやくと、くるりときびすを返して去っていった。いらだった大またの歩みが、途中から小走りになった。

同情を感じたが、彼ももう少し分別がついたら悟るだろう。たずねるべき相手は、遠方からの旅人ではない。父親か祖父に聞けばいいのだと。

若いとは、そういうことだ。近くが見えずに、遠くにばかり目をやってしまう。

その若さを、わたしは少しうらやましく思った。


ここの生活で美味なのは、朝の空気だけではなかった。朝食が絶品なのだ。

盛り付けこそ、初日のような、見るからに手間のかかった凝《こ》ったものではなくなっていたが、それ以外はこの朝も変わらない、栄養バランス、味ともに、〈ジュイヘイ界〉の一流ホテルで出てきてもおかしくないようなメニューだった。

特に、ベーコンの濃厚な味は、疲労回復の秘薬のようだ。

元の豚肉からしていいのだろう。それを、調味料の配合の名人が手間ひまかけて漬け込んで、極上のチップでじっくりといぶしたものにちがいない。

皿に落ちる脂さえもったいなくて、パンでぬぐって平らげた。

パンは、天然酵母で発酵させた、いわゆる〝手作り〟の品のようだ。正直にいうと、手作りの良さよりも、食べにくさのほうがまさっている。けれども、それがかえって料理の味を引き立てて、スープやサラダのおいしさを完成させていた。

ミスミの腕もいいのだろうが、素材の野菜がすばらしかった。トマトもキュウリもレタスもタマネギもズッキーニも、野菜本来の味がする。太陽と大地がしっかりと育てた味だ。

「野菜本来の味」には、苦みやえぐみもあり、有機農法だからといって、いい野菜ができるとはかぎらない。しかし、この家で出されるものは、それ本来のいい面ばかりが引き出されていた。

自家用の野菜のほとんどは、ミスミが育てているようなので、これもやはり彼女の腕のたまものということか。

食卓には、ナズナの姿が欠けていた。もう起きているのは確かなのに、やはり女の子の行動は謎だ。ふたりの男の子はあいかわらず、それぞれの悩みに心をわずらわされているようだったが、朝食はしっかりとっていた。学校まで徒歩で通っているのだ。そうでないと、もたないのだろう。

食事をおえるとふたりは、あわただしく出発した。村まで同じ道を行くはずなのに、なぜか別々に出発した。きょうだいともつるみたくない年頃なのだろうか。

おとな四人は仕事にもどった。

ミスミは台所で洗い物をはじめ、男三人は放牧場に向かった。そこで、成牛になりかけの子牛を一頭つかまえて、作業場までつれていった。

それから、屠《ほふ》った。

十分に血抜きをした子牛の皮をはぎ、肉を骨や腱からはずしていき、いくつかに切り分けて部位別に包んだ。あらかじめ連絡してあったらしく、いいタイミングで肉屋の馬車がやってきた。皮と肉を引き渡し、エンレイが料金を受け取った。

そのあとで、自家用に残してあった肉を、塩漬けにしたり、乾燥肉にするために小さく切り分けたりしていると、ミスミが昼食をもってやってきて、「今夜はステーキね」と笑った。

子牛といえども牛一頭を解体するのは、なかなかの重労働だった。

フクジュは昼食を終えると、「少し休んでくる」と言いのこして家に向かった。エンレイとわたしも休憩をとることにして、小川に行ってからだを洗った。

血や生肉のにおいを落とすのは、どうせなら昼食前がよかったなと、清流に足をひたしながらわたしは思った。しかしすぐに、この感覚は、清潔すぎる社会で暮らした後遺症だと反省した。

エンレイは、水浴びをおえると川岸にすわった。わたしも隣に腰をおろした。

田んぼの稲穂はまだ青みをたもっていたが、風には秋の気配がやどっていて、濡れた肌がそよ風にあたると、涼しいというより寒気を感じた。けれども次の瞬間には、まだ頼もしい陽光が、そんなものは錯覚だよとばかりに熱を与えてくれる。

冬から春への季節の変化は、両者がせめぎあいながら進んでいく。激しい一進一退の攻防が、いつしか春の優勢となり、最後に冬が敗退する。それにくらべると、夏から秋へのうつろいは、仲良く混じり合いながら、いつのまにか夏が秋に場所をゆずっている。

そんなことを考えながら、わたしはせせらぎの音を聞いていた。こんなふうにだまってすわっているのは何よりの休憩だと思ったとき、エンレイが口を開いた。

「いま、何時でしょうね」

わたしは、自分の影と太陽に目をやってから答えた。

「一時半、くらいでしょうか」

「そうですね」

エンレイは、空を見上げもせずに同意してから、あらたまった口調になった。

「うちには居間にぜんまい時計が置いてありますし、村には時計台もありますが、わたしたちはふだん、太陽の位置でだいたいの時刻を推測して暮らしています。それで不都合はないのです。けれども、ここではない世界では、いつでも秒単位まで正確に、現在時刻がわかるんですよね」

〈ツルバ界〉ではそこまで言い切れないが、わたしは否定も肯定もせずに、ただほほえんだ。こうした一般的な事実については、返答をしてかまわないのだが、この前置きからどんな話が繰り広げられるか、予測がついたからだ。

エンレイは、かまわず話を続けた。

「わかるということは、すばらしいことです。わたしたちは、いつでも何かを知りたがって、いまが何時何分何秒かとか、ここが東経何度かとか、具体的なことがわかると、それだけで喜びを感じます。そうですよね」

わたしは、あいづち代わりに、口の両端をあらためて引き上げた。

「しかし、だからといって、何でもかんでもわかればいいというものでもありませんよね。あまりにもいろいろなことがわかってしまうと、負担というか、処理しきれないというか……。たとえばわたしなんて、自分の心の動きだけでも、複雑すぎてもてあますことがあります。高尚なことをあれこれ考えているというわけではないんですよ。ほんの他愛ないことについても、同時にちがうふうに思ったり、真剣に何かを考えているのに、心の一部はほかのことに気をとられていたりしていて、ちゃんと知ろうと思ったら、けっこう大変なんです。そのうえに、自分以外の多くの人がいま何を考えているか、知ることができるのでは……。そんな環境では、わたしは、情報を取捨選択したり、整理したりするだけで、疲れはててしまいます」

わたしは小さくうなずいた。彼がそういう人間であることは、知っていた。

「だから、ありとあらゆる情報は、いりません。たぶんそれは、際限がないでしょうし。

けれども、どうしても知らなければならないことは、やっぱりあると思うんです。そして、それを知っている人は、知るべき人に、きちんと伝えるべきだと思うんです」

わたしはまた、うなずいた。エンレイの言っていることは、何ひとつ間違っていない。

わたしの首肯は、彼を元気づけなかった。むしろ落胆した顔になって、遠くを見つめた。

会話が思うように展開しないとき、人は、そのいらだちを話し相手にぶつけがちだ。

わたしは何度も、こういう場面でなじられてきた。

だがエンレイは、息子と同じく、礼儀正しい人物だった。わたしを非難するようすを少しもみせずに、静かな語りを再開した。

「人間が言葉をもつようになったのは、自分以外の人間に何かを伝えるためですよね。そして、文字をもつようになったのは、目の前にいない誰かに伝えたい物事があったから。言葉や文字といった、それまでなかったものを発明させるほど、伝えるとは、人類にとって大切なことだったんですね。古代の出来事だったと思いますが、戦争の勝利を伝えるために、四十キロもを走り抜いて、伝言を終えたとたんに息絶えた人がいるそうですね」

その故事は、スポーツ競技となって、〈ツルバ界〉から〈真世界〉までで人気を集めている。

エンレイは、そのことを知っているのかどうかをうかがわせることなく、すぐに話を先に進めた。

「これは、伝える内容が社会的なことですが、個人的な連絡が届くか届かないかが、人の生き死にを左右したという話も、いくつか聞いたことがあります。たとえば、恋人が、海の向こうの遠い国に働きに行ってしまった女性が、船の運んでくる手紙を待ちわびる話。当時は、はるかな大洋を横断してくる船が手紙を運ぶくらいしか、海をはさんだ異国とのあいだで何かを伝えあう方法がなかったんです。その船も、順調にいっても一度の航海にひと月はかかる。順調でなければ……途中で嵐にのまれて沈没してしまうかもしれない。そうして手紙が海の底に沈んでしまっても、母国で待つ人に、その事実が伝わるとはかぎらない。ずいぶん心細い手段に頼るしかなかったんですよね。まあ、いまのこの世界も、似たようなものですが」

エンレイは、言わなくていいひとことを付け加えてから、皮肉げに笑った。好人物は皮肉な顔も感じがいいと、わたしは思った。

「ふたりは、結婚の約束をしていました。恋人は、新生活の資金を稼ぐために、はるばる海を渡ったのです。ところが、いつまでたっても手紙が届かない。恋人の消息を伝えてくれるものは何もない。女性は、失意から寝ついてしまいました。ベッドの上でもひたすら手紙を待ちつづけ、しだいにやせ細り、そうしてとうとう、息をひきとってしまったのです。もうすぐ帰るという手紙が届いたのは、その直後のことでした」

子どもらに物語を話して聞かせた経験があるのだろう。途中から語部《かたりべ》の口調になっていたエンレイだが、話しおえるとまた、わたしの顔をうかがうような目をしてから、よけいなことを付け加えた。

「つまり、情報の伝達が制限されているなかで、それでも人から人へと運ばれる伝言は、とても貴重な……尊重されるべきものだと思うんです」

「そうですね」

わたしに同意をしない理由はない。

「そうでしょう」

エンレイは、目を輝かせてわたしのほうに身を乗り出した。

「だから、親子とか恋人とか、ごく親しい人への大切な伝言は、ほんとうは制限なんてされるべきではないと思うんですよ」

「さっきのお話ですが、恋人からの手紙は、どうしてそんなに遅くなったのですか」

好奇心から、わたしはたずねた。

「さあ、知りません。たぶん、その時代の時間感覚は、のんびりしたものだったんでしょう。待っている者には、身も細るほどの時が過ぎていても、故郷をはなれて必死で働いている人間にとっては、あっという間で、それほど遅く手紙を出したつもりはなかったのかもしれません」

律儀に答えてからエンレイは、真剣なまなざしになった。

「ただ、もしも手紙の遅れた理由が、きれいな便せんを手に入れようとして時間がかかったとか、特製のインクを調合してもらっていたとか、そんなことだとしたら、やりきれない話ですよね。だって、そうでしょう。手紙とか伝言で、大切なのは、内容です。まわりを飾ることに意味があるとは思えません。飾ってはいけないという意味ではなくて、そこに時間を費やすのは、待っている相手に残酷なことではないかと……」

エンレイの声が細くなって、とぎれた。言いすぎたと後悔しているのかもしれない。そんな必要はないのだが。

「実は、その手の昔話で、以前から気になっていたことがあるんです」

わたしは、彼のためにも話題を引きもどした。

「その女性の死因は、いったい何だったのでしょうか。話だけ聞くと、待ちこがれすぎたことが原因のようですが、人は、そんなことで死ねるのでしょうか」

「さあ。医学も発達していない時代のことですから、伝染病とか、栄養不良とかが、ほんとうの死因だったのかもしれませんね。それでも、そういう時代だからこそ、気力が病気にうちかてるかどうかを左右したのではないでしょうか」

「そうですね」

わたしはまた、ほほえんだ。

「つまり……わたしが言いたいのは……。こんなこと、あなたに言ってもしかたがないのかもしれませんが、波止場に着いた船は、すぐに手紙を陸揚げすべきだということです。無駄な時間を費やして、待っている人をじらしたりせずに」

「そうですね」

同意したのに、エンレイはがっかりした顔になった。「そうですね」以上の何かを期待していたのだろう。

けれどもわたしは、本気で同意したのだ。「無駄な時間を費やす」とか「じらす」といった行動は、どんな仕事においてもすべきでない。

もちろんわたしは、そうしたことを、したこともなければ、考えたこともない。

いや、今朝がた、ちらと考えたかもしれない。この朝食を一回でも多く食べるために、できるだけ長くこの家に滞在したいと。

しかしそれは、さっきエンレイが言っていた、複雑な心の中でおきる、ごく一部の思いつきだ。こうした考えが、わたしの仕事の遂行に影響を与えることはない。

「つまらないおしゃべりをしてしまいました。そろそろ仕事に戻りましょうか」

エンレイは、太陽に目をやってから、立ち上がった。

花園家の人々　5　ナズナ

あたしは、おかしい。

これは、あたしじゃない。

いつだってあたしは、寝る気になってベッドに横になったら、三つ数えるより早く眠ってしまえていた。「悩みごとがあって、眠れない」なんて、物語の中だけの話だと思ってた。

それが、どうしたっていうんだろう。

眠れない。

あおむけになっても、うつぶせに寝ても、右を向いても、左を向いても、眠れない。

からだをのばしても、両足をぐっとちぢめて、ひざをかかえてみても、全然だめ。

目をつぶって、数をかぞえてみた。広い草原でゆったりした気分でいる自分を想像してみた。心をしずめて、何も考えないようにしてみた。

うとうととした眠気さえ、やってこなかった。

どうしよう。このままずっと眠れなかったら、あたしは死んでしまうかもしれない。

だって、きのうの夜も、あたしはほとんど寝ていない。

その前の晩も、全然寝てないってことはないけれど、夜中に何度も目がさめて、ちっとも休んだ気になれなかった。

だから、あたしはいま、すっごく疲れていて、すっごく眠いはずなんだ。

それなのに――。

あたしはもう一度、シーツの上にあおむけになって、からだをまっすぐのばしてみた。目を閉じて、胸の上で両手を組んだ。ゆっくりと、息をはいて、すって、はいて、すって、頭をからっぽにして……。

「セージのばかっ」

あたしはさけんで、はねおきた。

心がようやく静かになったと思ったとたん、バケツの水をざばーっとかけられたみたいに、頭の中にいろんなできごとが流れこんできたんだ。おとといからの、いろんなこと。お客さんがタオルで顔をふいているのを見た瞬間からの、あれこれが。

そのたくさんのできごとの、いちばん先頭にやってきて、眠りとか静けさとかをずたにしたのが、セージ兄《にい》だった。

なんだってあんなやつが、あたしの兄ちゃんなんだろう。ほんとに、ひどい。お客さんの――スオウさんの前で、あたしのことをどなるなんて。

「ばか、ばか、ばか、ばか。セージのばか」

あぐらをかいていた足の上に、まくらをのせて、ぽかぽかなぐった。それから、そっとつぶやいた。

「あたしも、ばかだ」

どうして、いつもみたいに言い返したりしたんだろう。きっと、あのときのあたしは、ものすごくみっともなかった。

「ミミカだって、ひどい」

ミミカが悪いわけじゃないってわかってたけど、あたしはつぶやかずにいられなかった。

どうして、こんなときに町に行ってしまったんだろう。あたしの話を聞いてくれないんだろう。

ミミカがいてくれたら、あたしの頭はきっと、これほどぐちゃぐちゃにならずにすんだ。スオウさんが雨の中をやってきた、あの日の夜は、ただ眠りが浅くてすぐに目がさめるってだけだった。自分で自分がどうしようもなくなったのは、次の日の朝、ミミカがこの村にいないって聞いてからだったんだ。

あの朝、目がさめたら、頭がまるで自分のものじゃないみたいに、ぼーっとしていた。だから、すぐ近くから母さんに、「おはよう」っていわれて、びっくりした。どうして、ドアが閉まったままなのに、母さんがあたしの部屋にいるんだろうと思って。

それから、思い出した。お客さんがじいちゃんの部屋で寝ることになって、じいちゃんが父さんたちの部屋に行って、母さんがあたしの部屋にきたことを。

つまり、家の中にいま、あのお客さんがいる。

あたしは、たんすのほうを見た。

その方向に、じいちゃんの部屋はある。そう思ったら、心臓のあたりがきゅうっと苦しくなった。そして、夜中に目がさめるたびに、家の中にお客さんがいるってことを考えて、同じように心臓がきゅうっとしたことを思い出した。

あたしはいつものようにベッドからおきあがって、いつものように母さんの手伝いをした。頭が重くて、あんまりものが考えられなかった。

母さんは、お客さんにりっぱな朝ご飯を食べてもらおうと、はりきっていた。あたしも、ぼーっとしながら、いっしょうけんめい手伝った。

お客さんは、おいしそうに、母さんとあたしがつくったご飯を食べた。そのことを、あたしは一生忘れないだろうと思った。

タオルで顔をふくお客さんのまわりで、雨粒がきらきらしていたこと。食事をしながら父さんたちと話すお客さんの笑顔が、とってもやさしかったこと。その顔は、この世にいやなことは何ひとつないって思っている人みたいな……、まわりのみんなを幸せにしているみたいな……、とにかくものすごく特別だったこと。

そんなことをみんな、あたしは大切に胸の中にしまった。

学校からもどったら、お客さんは、もういない。ひと晩、雨宿りをしただけの人だから。

それでもあたしは、早く学校に行きたかった。ミミカに会いたかった。ミミカに会って、こういうことをみんな聞いてもらわないと、死んじゃいそうだと思った。

だから、いつもより早く家を出た。とちゅうから走った。

ハランくらいの年の子は、よく意味もなく全力疾走したりするけど、あたしは、そんなばかみたいなことは、とっくにやらなくなっていた。それなのに、あのときは走った。足ががくがくになるほど走っていないと、気がすまなかった。

あたしは、いつもよりずいぶん早くついた学校で、ミミカを待った。だけどミミカはこなかった。町に住んでいるおじさんが、重い病気になったんで、家族そろって会いにいってしまっていたんだ。

町は遠いところにある。行って帰ってくるだけで、何日もかかる。

つまり、あしたもあさっても、ミミカは学校にこない。ミミカの家に行っても、会うことはできない。

あたしは、ぼうぜんとしてしまった。

その日は何の勉強をしたか、よくおぼえていない。たぶん、先生の話をほとんど聞いていなかった。

学校がおわると、とぼとぼと家への道を歩いた。……歩いたんだと思う。気がついたら家が目の前にあったから。

母さんが、玄関先で掃《は》きそうじをしていた。あたしは夢中でかけよった。

「母さん、どうしよう」

母さんは、まずあたしに、そうじのじゃまをしないようにと注意した。いつもの、たのもしい、どっしりとした母さんだと思ったら、あたしは母さんにすがりつきたくなって、うったえた。

「今日、ミミカが学校にこなかったの」

それから、ミミカが町に行ってしまって、しばらく帰ってきそうにないことを説明した。

「どうしよう。ミミカに相談したいことがあったのに」

早くミミカに相談しないと、あたしは息がつまって死んでしまうと思った。それなのに母さんは、のんびりしていた。

「帰ってくるまで待てないの？」

あたりまえじゃない。待てないから、こんなに、こんなに、こまってるんだ。

「何を相談したかったの？」

「あのね」

そのとたん、あたしは石になったみたいに、動けなくなった。説明したいこと、すぐにはき出さないとどうしようもない思いが、あたしの中にいっぱいつまっていたのに、その全部が、のどの手前でかたまってしまっていた。

「母さんには、話せないこと？」

ごまかさなきゃって思った。なにかてきとうなことをいって、この場をごまかしてしまわなきゃと。

それなのに、なにも思いつかなかった。どうしようって思っているうちに、母さんは、あきれたように何かいいながら、家の中にはいっていった。

あたしは、ひとりになれたことにほっとして、大きく息をはいた。それから、自分に聞いてみた。

あたしは、ミミカに何を相談したかったんだろう。

答えは、胸の奥からするりと出てきた。

あたしはミミカにたずねたかったんだ。

「これって、恋なの」と。

それから、ミミカに話したかったんだ。

スオウさんがうちにやってきたとき、あたしはふるえてしまって、こわくてはずかしいのに、でもスオウさんから目がはなせなかったこと。

その晩、よく眠れなかったこと。

スオウさんが、どんな顔をしていて、どんなふうにしゃべって、どんなふうに笑うかということ。

ミミカなら、全部わかってくれただろう。そして、教えてくれただろう。

「それが恋だよ」と。

だけど、恋について、最初にいろいろ教えてくれたのは、母さんだ。ミミカがいないのなら、母さんに話してもよかったはず。

どうしてあたしは、何もいえなかったんだろう。

もしかしたら、母さんが玄関先でそうじをしていたからかな。もしも、川で洗濯をしていたら――どっしりした感じじゃなくて、小鳥みたいなようすだったら、あたしは話せていたのかな。

ううん。きっと、だめだった。

「あのね」

そういったとたん、あたしの中で、ことばがすべてかたまってしまったのは、その瞬間に感じたからだ。

いま、あたしが恋の話をしたら、母さんは笑う。

口では、「あなたも、とうとう初恋を知ったのね」なんていうかもしれないけど、でもきっと、心の中では、「十一歳の子どもに、ほんとうの恋がわかるわけがない」と決めつける。そして、そういう顔で笑うんだ。

そんなことになったら、あたしの心は、かたい床に落ちたうすい陶器のお皿みたいに、こなごなになっていただろう。そして、母さんを一生ゆるせなかっただろう。

つまり……何もいえなくて、よかったんだ。

「しょうがない」

あたしは覚悟を決めた。

母さんには話せない。ミミカはいない。あたしはひとりで、このぐちゃぐちゃになった頭の中を、なんとかするしかないんだ。

とりあえず、自分の部屋にいって泣こうと思った。いなくなったスオウさんのことを思い出しながら。


ところが、うちの中にはいったら、物置き部屋のとびらが開いていた。

そんなの気にせず、まっすぐに自分の部屋にいくつもりだったんだけど、前を通ると、いやでも中が見えてしまう。

物置き部屋の中は、いつのまにか、物置きじゃなくなっていた。

中にあったがらくたが全部なくなって、そのかわりに、ベッドがつくってあったり、荷物を置くための台とかがあったりして、人が住めるようになっている。

ハランがとうとう、ひとりで寝ることに決めたのかなと思った。あの子ったら、いつまでたっても、赤ちゃんみたいに夜をこわがって、セージ兄ちゃんにめいわくをかけている。

でも、ちがう。ハランの部屋になったのなら、ベッドの上には、あの子のふとんがあるはずだ。おどけた顔のペンギンがぞろぞろならんだ、ばっかみたいなもようのふとんが。

だけど、その部屋のベッドには、お客さん用のふとんがのせられていた。

「母さん」

あたしは台所にかけこんだ。

母さんは、あたしの心臓がこわれちゃいそうなほどばくばくいっていることに、気がつかなかった。食事のしたくをはじめると母さんは、気持ちがほかに向かなくなっちゃうんだ。

でも、それでよかった。母さんは、あたしのようすにまったく気がつかないまま、スオウさんがあと一週間か十日、うちにいることになったと説明した。

「ふうん」

あたしができるだけ興味なさそうにいったときにも、あたしの顔を見もしなかった。

母さんが料理に夢中なあいだに、あたしはいそいで台所を出て、自分の部屋にもどった。それから、だれが見ているわけでもないのに、そっと、かくれるようにしながら、窓の外をのぞいた。

おんぼろの納屋が見えた。鶏小屋の屋根と、その向こうの田んぼと、川と街道が見えた。

そのどこにも、人の姿はなかった。

たぶん、父さんたちは、畑か牧草地にいるんだろう。あたしの部屋の窓からは見えなくても、この家からそうはなれていないところに。

あたしは、窓の横の壁に背中をくっつけて立つと、胸のところに右手をあてた。

どっくんどっくんと、心臓がそこにあって、いっしょうけんめい血液をからだじゅうに流しているのが感じられた。

あたしはいま、うれしいのかな。それとも、こまっているのかな。

自分に聞いてみたけど、よくわからなかった。

たぶん、両方。

ひと晩うちにとまっただけで、二度と会うことのない人だと思っていたスオウさんが、まだうちにいる。少なくともあと一週間は、この家でくらして、いっしょにご飯を食べることになる。

それが、うれしい。でも、こまる。あたしはこれから、どうしたらいいんだろう。

ミミカがいたら、きっと、うるさいくらい細かなことまで教えてくれたのに――。

でも、いつまでもそんなことをいっていてもしかたがない。あたしは、ひとりでなんとかするって決めたんだから、自分で考えなくちゃ。

「スオウさんって、何歳くらいなんだろう」

まずあたしは、そんなことを考えた。

おとなの年って、わかりにくいけど、母さんと同じくらいなんじゃないかな。

そんなに年のはなれた人を、好きになるのって、おかしいかな。

だけど、おかしくても、おかしくなくても、いまのあたしは、ふつうじゃない。母さんが恋について教えてくれたとき、何回もいっていたように、自分が自分じゃなくなった感じがする。そして、スオウさんのことを考えると、どきどきする。

それはたしかなことだった。

「後悔だけは、したくないな」

あたしは、声に出してつぶやいた。

スオウさんが、ひと晩うちにとまっただけで行ってしまっていたら、あとはただ、思い出にすればよかった。

ものすごく特別で、もしかしたら、悲しい思い出になったかもしれないけど、もうすぎてしまったことだ。それに、なにもかも、あっというまだったから、あたしがただスオウさんをながめているだけだったのも、しかたがなかったと思えただろう。

でも、スオウさんは、あと一週間はうちにいる。そのあいだに、スオウさんのことをもっと知りたい。スオウさんに、あたしのことを知ってほしい。そのために何かしないと、スオウさんが行ってしまってから、あたしはきっと、ものすごく後悔するだろう。

「とにかく、話しかけてみなくっちゃ」

ミミカがいないのだから、あたしはひとりで戦わないといけないんだと思った。

でも、「戦う」って、何と？

あたしには、それがまだ、よくわかっていなかった。覚悟していたよりも、ずっとずっと大きくて、やっかいな相手だってことも。


その日の晩ご飯の席で、あたしはスオウさんに話しかけることができなかった。

理由の半分は、おとなどうしで話がはずんで、子どものあたしが口をはさむのは、むりそうだったこと。

前の晩にも、じいちゃん以外のおとなはよくしゃべったけど、あのときはまだ、気をつかいあっているというか、相手のよろこびそうなことをさぐりながら話している感じで、ときどきぽかんと間《ま》があいた。

この日は、いっしょに仕事をしたあとだからなのか、話題が自然にうかんでくるみたいで、話がまるでとぎれなかった。

それでも、覚悟を決めていたあたしは、けっこう冷静に頭がはたらいていたし、ハランがめずらしくおとなしくて、あたしにやっかいをかけてこなかったんで、そのままだったら、どこかでうまく、会話にもぐりこめていたと思う。

その夜は、月がなくて、外は真っ暗だった。

あたしは、スオウさんに話しかけるのにいいせりふをいくつか見つけていて、つぎのチャンスは絶対に、逃さないって決めていた。それなのに、何かの気配を感じて、ななめうしろを見てしまった。

目の前に、窓があった。真っ暗な外と明るい部屋の間にある窓ガラスは、鏡みたいになっていた。

そこに、目つきの悪い女の子がうつっていた。髪の毛はぼさぼさで、白くてずんどうの、ちっともかわいくないブラウスを着ていた。

たまらなくなって、目をそらした。それから、おとなたちがあたしのことに注目しないうちに前を向いて、いそいでご飯を食べた。おはしをせっせと動かしていれば、不自然でなくうつむいていられたから。

スオウさんに話しかけるなんて考えは、あたしの頭からふきとんでいた。そんなことをしたら、スオウさんはあたしのことを見つめてしまう。こんなにみっともないあたしを。

「だれも、あたしを見ないで」と思った。どんどん口に運んでいる食べ物は、ちっとも味がしなかった。

あたしは、目立たないように身をちぢめて、息を殺して、早く食事の時間がおわることだけを願っていた。

鏡を嫌いだと思ったのは、たぶん生まれてはじめてだった。

鏡は値段が高いんで、うちには三枚しかない。全身がうつる長細いのが、一階の洗面所の横にあって、あとは母さんの部屋とあたしの部屋に、ちょっとはなれて立つと胸から上がうつせる大きさの、卵形のがかかっている。

兄ちゃんたちの部屋や、じいちゃんの部屋にだってないわけだから、あたしは特別あつかいされてるみたいで、鏡を見るとうれしくなった。

でも、あの夜は、この世に鏡なんてものがなければいいのにと思った。

それでいて、鏡の前に立って自分の顔を見つめるのをやめられなかった。

鏡の中のあたしは、窓にうつっていたあたし以上に、目つきが悪くて（いつもみたいに〈いい笑顔〉をつくろうと思っても、ちっともうまくいかなかった）、鼻はひくくて、口は大きすぎて、色が黒くて、とにかくちっともかわいくなかった。おまけに、ほっぺたとか口もととかが、やたらと子どもっぽい。

鏡なんてものがなければ、こんなこと、知らずにすんだのに。

かわいくなりたいと思った。ミミカほどでなくていいから、もうほんの少しだけ、かわいくなりたかった。

それに、いますぐ十歳年をとってしまいたかった。スオウさんの前で、こんな子どもでいたくなかった。

このふたつの願いがかなうなら、悪魔に魂をわたしてもいいと思った。

だけど……現実には、悪魔なんていない。魔法とか奇跡とかもない。

あたしは、あしたの朝、この顔でスオウさんに会うしかないんだ。これまでも、この顔をスオウさんに見せていたんだ。

涙がにじんだ。

きのうまで、あたしは自分が嫌いじゃなかった。それなのに、スオウさんにあたしのことを知ってもらいたいと思ったとたん、スオウさんに見せたいようないいところが、ちっとも見つからなくなった。自分が、みっともないところや、いやなところばかりでできている気がしてきた。こんなはずないってあせったけど、考えれば考えるほど、自分のことが嫌いになった。

これが、人を好きになるってことなのか。

そう思ったら、あたしは、深い穴にほうりこまれたような気分になった。


だけど、ひとりで嘆いていたって、どうにもならない。

「泣くな」

あたしは自分に命令した。泣いたら、あしたの朝、もっとみっともない顔になる。

「あたしは戦うって決めたんだ」

自分がちっともかわいくないなんて事実と戦うことになるとは、思ってなかったけど。

「とにかく、少しでもましになる方法を考えなくちゃ」

あたしはまず、ぼさぼさの頭をなんとかしようと思った。十歳の誕生日に母さんがくれた、つげのくしを出してきて、ていねいにとかした。それから、ポニーテールにしてみた。

うん。顔のりんかくをはっきり出したほうが、少しはいい。

でも、「おてんばな女の子」って印象も強くなるから、髪をほどいて、三つ編みにしてみた。それも気に入らなくて、あれこれためして、この前ミミカに教えてもらった編み込みにすると、おとなっぽくていい感じになることを発見した。

ついでに、リボンもいっしょに編み込んでみた。このアイデアは悪くなかったけど、ピンクのリボンはかわいらしすぎたし、黄色は目立ちすぎた。緑のリボンを編み込んでみると、上品なふんいきになった。

「悪くないじゃん」

鏡の中のあたしは、やっと少しだけ笑顔になった。

「次は、服」

タンスから、ブラウスをありったけ出して、ベッドにならべた。といっても、全部で八枚しかない。母さんがつくってくれたのが五枚と、村の洋服屋さんで買ってもらったのが三枚。

どれも、ぱっとしなかった。いちばん新しく買ってもらったものが、いちばん型くずれしてなくてましに思えたけど、それでもやっぱりやぼったい。どうしてあたしは、ミミカの本にのっているようなすてきな服を、一着ももっていないんだろう。

また気分がしずんできたんで、元気を出すために、たんすの一段目を開けた。

その片隅の、小さな間仕切りの中に、四つ折りにして紙でつつんだハンカチが入っている。

このハンカチで汗をふいたことは、一度もない。そんなために作られたんじゃないって、ひと目でわかる、上等のレースでできたハンカチなんだ。

手にとって見ると、うっとりするほどきれいだった。

あしたの朝ご飯の席で、ポケットからこのハンカチを取り出して、スオウさんの前で使ってみようか。

ううん。きっと、それって、おとなのまねをするハランみたいに、ばかみたいなことになってしまう。ハンカチだけ上等でも、どうにもならない。やっぱりあたしには、魔法使いが必要なんだ。

でも、現実には、そんなものはいない。

「いないのなら、あたしが魔法使いになればいい」

あたしは、広げたハンカチをじっとにらんだ。それから、たんすの中のスカートを全部取り出した。そのうちの、うすい茶色の細身のスカートのすそから、ハンカチのレースをちょっとのぞかせてみた。

うん、いい感じだ。このハンカチを細く切って、スカートのすそにぬいつけたら、胸をはってスオウさんの前に出られる服になるかもしれない。

お裁縫は得意じゃないけど、がんばってみることにした。

裁縫道具は、台所のすみにある道具入れにはいっている。あたしは部屋のドアをちょっとだけ開けて、ろうかをのぞいてみた。

おとなたちもみんな眠ったみたいで、じいちゃんの部屋からも、父さんたちの部屋からも、明かりはもれてきていなかった。髪をいじったりしているうちに、けっこうな時間がすぎていたんだろう。

ランプをもたずに部屋を出て、手さぐりで真っ暗な階段をおりた。手さぐりで台所に行って、窓からはいる星明かりをたよりに、道具入れのとびらを開いた。

道具入れは、縦に細長くて、食器棚と同じくらい背が高いのに、横幅は、四歳くらいの子どもがやっとはいれるほどしかない。だから、ハランが五つになってからは、かくれんぼに使うこともなくなって（どっちにしても、きょうだいでかくれんぼをすることもなくなって）、もう長いこと中を見ていなかった。

ついこの前、母さんがここから取り出すのを見たから、裁縫道具がいまもこの中にあるのは確かだろうけど、ほかはどんなふうに変わっているんだろう。

あたしは目をこらしたけど、なんにも見えなかった。開けたとびらに、かすかな星明かりまでさえぎられて、中は物のりんかくもわからない完全な闇につつまれていた。うっかり手をつっこんだら、おそろしいことがおこりそうで、あたしは動けなくなった。

でも、おそろしいことって、何？　すみに魔物でもひそんでいて、闇の世界にひきずりこまれる？

　ばかなことを。あたしはもう、紙芝居のおとぎばなしを本気にするような子どもじゃない。暗いのがこわいといってランプなんかつけたら、窓から明かりがこぼれて、二階で寝ている父さんか母さんに気づかれるかもしれない。そんなことになったら、さっさと寝なさいとおこられて、むりやりベッドにおしこめられて、明日の朝、さえないかっこうでスオウさんの前に出なきゃいけなくなってしまう。

　あたしは、道具入れの暗闇に右手を差し入れた。

　やわらかな布が指先にあたった。たぶん、古くなったクッションだ。その感触にほっとしながら、冷たくてつるつるした手ざわりをさがした。裁縫道具は、竹で編んだ四角いかごに入っている。

　右手をゆっくり動かしていると、陶器っぽいざらざらした円筒形のもののうしろに、竹らしい感触があった。

　でも、細く裂いてかごに編まれたものじゃない。切り出したそのままの竹だ。ずいぶん長い。何だろう。ほうきの柄《え》にしては細すぎるし、下のほうに指をすべらせると、布が巻きつけてあるのがわかった。はたきかな。ううん。布は幅の広い一枚だけのものみたいだし、上のほうに手をやると、先がななめにとがっていた。こんな危険なはたきがあるわけない。

何だろうと好奇心をそそられたけど、そんなことを気にしてる場合じゃなかった。竹は竹でも、細く裂いて、かごに編まれたものをさがさなきゃ。

いろんなものの形を指でたどりながら、右手を移動させていると……あった。この感触は、裁縫道具のかごだ。

左手も暗闇につっこんで、そっと引き出して、星明かりで中身を確かめてから部屋にもどった。

明かりのともった部屋にはいると、ほっとして、ぐったり疲れてしまった。

だけど、休んでるひまはない。あたしは気合いを入れなおして、ランプの下であらためて、ハンカチをじっくりと見た。どんなふうに切ればレースをだめにしないですむか、どんなふうにぬいつければすてきに見えるかを、あれこれ考えながら。

ほんとはこんなこと、あたしはすっごく苦手なんだ。洋服をデザインする仕事がしたいといっていた、ミミカが考えてくれたらいいのに。先生がいつか、たとえ話でいっていた、遠くの人と話ができる魔法の小箱がほんとうにあれば……。

そんなふうに思ってしまうたびに、あたしはミミカのことを頭から追いやった。だって、あたしはひとりでがんばるって決めたんだ。

スカートのすそまわりの長さをはかった。それでハンカチの面積を割ってみた。

どう工夫しても、すそをぐるりとかざるには、こんな小さなハンカチ一枚じゃ足りないってことがわかった。

でも、あたしはそこでくじけたりしなかった。

スカートのすそがだめなら、ブラウスのそでのまわりを飾ればいいと思いついた。それなら、そんなに長いレースは必要ない。

ハンカチをいろんな服のそでからのぞかせてみて、いちばん新しい白いブラウスにつければ、けっこうかわいい服になりそうだとわかった。

だいじなレースのハンカチにはさみをいれるのには、ずいぶんな勇気が必要だった。でも、あした、少しでもましなかっこうでスオウさんに会うためだと思って、あたしは指先に力をこめた。

せんさいなレースは、切ったところの始末がむずかしかったけど、あたしはがんばった。そで口にぬいつけるのも、一回じゃあ、うまくいかなくて、右そでを三回、左そでを二回、やりなおした。

いつものあたしだったら、少しくらいゆがんでしまっても、「まあ、いいか」ですますんだけど、このときには、そんな気になれなかった。

そうして、ようやく両方のそでにレースがきれいについたとき、「あたしって、けっこう、お裁縫の才能があるじゃん」と、ちょっとだけ、自分のことが好きになった。

ブラウスを着て、鏡の前に立って、びっくりした。ブラウスのできはよかったんだけど、せっかくきれいにととのえた髪がぐちゃぐちゃになっていた。

編み込みをほどいて、くしできれいにとかすところからやりなおした。一回で、奇跡的なほどうまくできた。うれしくて、この日、最高の笑顔がうかんだそのとたん、あたしの笑顔はこおりついた。

「あたしって、ばか？」

これから寝るってときに、髪をこんなにととのえて、どうするんだろう。せっかくきれいにできた編み込みも、まくらに頭をつけたとたん、めちゃめちゃになるにきまっている。

「どうしよう」

あたしは頭をかかえた。といっても、両手をかるく頭の横にあてただけで、そんなときにも髪を乱さないように気をつけた。それほど——一度ほどいてしまったら、二度とこんなふうにはできないと思えるほど——そのときの編み込みはうまくできていたんだ。

うつぶせに寝ても、きっとあたしは寝返りをうって、この髪をだめにしてしまう。どうしたらいいいんだろう。

窓の外を見ると、ちょっとはなれたところにある木のりんかくが、ぼんやりとわかった。夜が行ってしまいかけている。どうせもう、そんなに長くは寝られない。

あたしはベッドにのぼって、壁に向かって横ずわりした。それから、からだを前にたおして、壁とおでこの間にまくらをはさんだ。そのかっこうで、ちょっとだけ眠った。

いつもの時間に目がさめた。ほとんど寝ていないのに、気分はそうかいだった。鏡でたしかめると、髪はまったくみだれていなかった。鏡の中のあたしは、勝ちほこったような笑顔だった。

鶏小屋で卵を集めて、台所の母さんのところにもっていこうとしていると、父さんの声と、三人くらいの足音が聞こえてきた。あたしはとっさに、納屋のわきにかくれた。

父さんは、スオウさんに話しかけているようだった。おかげで朝の仕事が早くおわった。朝ご飯までまだ時間があるから、それまで休んでいてください、みたいなことを、きげんよくしゃべっていた。

そっとのぞいてみると、父さんとじいちゃんが、玄関を開けて家の中にはいっていった。でも、スオウさんは、ちょっと首をかしげて考えるしぐさをしてから、のぼりかけていた玄関ポーチの階段をおりて、家の裏のほうにむかった。

チャンスだ、とあたしは思った。スオウさんを追いかけていって、ぐうぜん会ったふりをすれば、ふたりきりで話ができる。

あたしは、いそいで台所に卵をもっていった。

「母さん。今日、朝ご飯づくりのお手伝い、やめてもいい？　ちょっと……やりたいことがあって」

よく考えずにしゃべりだしてしまったんで、とちゅうから、どう説明すればいいか、わからなくなった。「やりたいことって、なあに」なんて聞かれたらどうしようと思ったけど、母さんは顔を上げてあたしを見て、あたしの髪にちょっと目をやってから、

「ふうん」という顔をした……ような気がする。あたしの気のせいかもしれないけど。

「いいわよ。ひとりでできるから」

「ありがとう」

あたしは自分の部屋にもどって、レースをつけたブラウスに着がえた。スカートは、いちばんお気に入りの、緑にオレンジのチェックのはいったやつをはいて、家を飛び出し、スオウさんが歩いていったほうに向かった。できるだけいそいで、でも足音をたてないように。


スオウさんは、ボール広場のまんなかにいた。

家の裏手を森のほうへ少し行ったところにある、ポプラの木がぐるりととりかこんでいる場所が、平たくなっていて、ボール遊びをするのにちょうどいいんで、兄ちゃんが「ボール広場」と名前をつけた。そして、ここ以外ではボール遊びをしないと、きょうだい三人で約束した。

ゴムのボールは値段が高いんで、川に落ちて流されたり、石やとがった枝でいたんだりしても、かんたんには新しいのを買ってもらえないからだ。兄ちゃんもあたしも、もうボール遊びはしなくなったし、約束を守れなかったハランがボールを二回だめにしてから、うちにボールはないけれど、ハランの友達がときどきボールをもってやってきて、いまでもここで遊んでいる。

スオウさんは、どうしてこんなところにきたんだろう。

あたしは、木のかげから、そっとようすをうかがった。

スオウさんはまず、足をのばして地面にすわった。それから、からだを前にたおしていった。

それだけのことなのに、あたしには、スオウさんが踊っているようにみえた。

年に一度の村祭りにやってくる音楽隊の踊り子が、舞台の上をただ歩くだけで、見ている人の目をひきつける。あれと同じように、あたりまえの動きが、あたりまえじゃなくきれいで、あたしは思わず息をのんだ。

スオウさんがからだをおこした。そのとき、一瞬目があったような気がした。あたしは反射的に、木のうしろに頭を引っ込めた。

考えてみたら、かくれる必要なんてなかったんだけど、たぶんあたしは、スオウさんがやっていることの、じゃまをしたくなかったんだ。

スオウさんは、そのあとも、踊りじゃないのに踊りみたいにみえるやり方で、からだをいろんなふうに動かした。あたしはポプラのかげから目だけを出して、それを見ていた。

「ナズナの夢は、なあに？」

そうたずねたミミカの声が、耳のおくで聞こえた気がした。

将来どんな仕事をするかなんて、見当もついていなかったけど、村から村へとわたりあるく音楽隊の踊り子になるのもいいなと思った。ひらひらしたドレスを着て、スオウさんみたいにすてきに手足を動かして、たくさんの人に、楽しい踊りを見せてくらす。

胸がどきどきしてきた。あたしはやっと、ほんとうの夢をみつけたのかもしれない。

スオウさんの踊りみたいな運動がおわったら、今度こそ、近くに行って話しかけようと心に決めた。

あたしはもう、その時が、少しもこわくなくなっていた。楽しみなばっかりだった。

それなのに――。

スオウさんが立ち上がって、動きが踊りみたいなものから、ふつうの感じにもどったんで、「よし、いまだ」と思ったそのとき、反対側のポプラのかげから、セージ兄ちゃんがあらわれた。兄ちゃんは、肩を左右にふりながら、スオウさんに近づいていった。

「ちょっと、じゃましないでよ」

あたしが心の中でさけんだとき、兄ちゃんがどなった。

「ナズ。そこで何をしている」

しかたがないので、木のうしろから出ていった。

「別に、何も」

これじゃあまるで、かくれてのぞき見してたみたいじゃない。

実際、そうだったんだけど、自分から出ていっていたら、そんなふうには思われなかったはず。

あたしは、はずかしくて、スオウさんのほうをまともに見ることができなかった。

「こんなところで遊んでないで、家にもどって母さんを手伝えよ」

あたしはかっとなって、言い返した。

「そんなの、あたしの勝手じゃない」

そのとき、スオウさんがあたしを見ていることに気がついた。

スオウさんは、とってもやさしい顔をしていた。でもそれは、おとながちっちゃな子どもをながめているときに、よくする表情。それも、子どもっぽくてばかなことをしているのを「かわいいなあ」と思っていたりするときの。

あたしはあせった。いますぐ、なにか気のきいたことをいって、その印象を変えてしまわなきゃと思った。

心の中で自分にいいきかせた。

「だいじょうぶ。あたしはすてきなブラウスを着てる。髪型だって、きまってる。ここでいつもの〈いい笑顔〉をつくって、いつものように兄ちゃんをいいまかせば、あたしが精神的には、十五歳の兄ちゃんよりもしっかりしたおとなだって、わかってもらえる」

あたしは笑おうとした。うまくいかなかった。勇気を出すために、横目をつかって、そで口のレースを見た。そして、がくぜんとした。

そで口だけに、こんなひらひらのかざりがついている服は、きっとあたしを、年齢よりも子どもっぽくみせている。どうしてそんなことに、いままで気づかなかったんだろう。

こんな服を着て、兄ちゃんにあんなふうに言い返したあたしは、たぶん、ものすごく、みっともない。

あたしは、泣きだしそうになったのをぐっとこらえた。ここで泣いたら、よけいひどいことになる。

それからのことは、よくおぼえていない。とにかくできるだけいそいで、その場をはなれた。そのときに、「わかった。母さんを手伝う」って、あたしはちゃんといっただろうか。

わからない。混乱して、なにもいわずに逃げ出してしまったかもしれない。もしそうだったらスオウさんは、あたしのことを、礼儀知らずの変な子どもだと思っただろう。

「最悪だ。もう、最悪」

自分の部屋にかけこんで、ベッドに顔をうずめて泣こうとして……そのまま、ことんと眠ってしまった。睡眠不足だったからというより、頭がものを考えるのを拒否していたんだと思う。

母さんにおこされて、人よりおそく朝ご飯を食べて（おかげでスオウさんと顔をあわせずにすんだ）、いそいで学校にいった。

最悪の気分のまま一日をすごして、晩ご飯のしたくの時間がやってきた。あたしは台

所に行って、母さんを手伝った。スオウさんと顔をあわせるのはこわいけ
飯を通してつながっていたかったんだ。

いま切っているジャガイモは、スオウさんの口にはいるかもしれない。ら、ていねいに面取りした。

食事のしたくがすんだら、「おなかが痛いから、ご飯はいらない」といって、部屋にもどるつもりでいた。だから、「そういえば、元気がなかったわね」と母さんに思ってもらえるていどに、おとなしく、うつむきがちにすごした。

母さんは、いつものように、ときどき低く鼻歌をうたいながら料理をした。母さんがいつもと同じでいることに、なんだかあたしはほっとしていた。

食事のしたくがおわった。父さんたちがもどってくる前に、自分の部屋にひっこまなくちゃと思ったのに、あたしは母さんに「おなかが痛い」といいだせなかった。だって、やっぱり、スオウさんに会いたい。あの笑顔が見たい。声が聞きたい。

子どもっぽくてばかみたいな自分をスオウさんの前にさらすのが、いやでいやでたまらない気持ちと、スオウさんに会いたくて会いたくてたまらない気持ちが、両方ともあんまり大きくて、あたしは空気になりたいと思った。目には見えない透明な空気になって、スオウさんの近くにふわふわと、うかんでいたかった。

晩ご飯はいらないといいだせないまま、あたしは食卓についた。この日のおかずは、〈タケル〉のステーキだった。

難産で、ひと晩じゅう「がんばれ、がんばれ」と応援して、やっと生まれた子牛に、ハランが〈タケル〉と名前をつけた。雄牛だったから、そう長くうちにいないことは、最初からわかっていた。雄牛は、すっかりおとなになってしまう前に、売るか、殺して肉にするかしてしまう。

それはわかっていたけれど、生まれたばかりの子牛はほんとにかわいいから、あたしとハランは、赤ちゃんだった〈タケル〉とよく遊んだ。

でも、ステーキはおいしかった。

あたしたちは、うちで飼っている動物は、食べるためのものだとわかっている。あたしもハランも、一度や二度は、「この子を殺さないで」と泣いたことがあるけれど（兄ちゃんもそうだったって、父さんがいっていた）、そんなのはずいぶん昔の話だ。

それに、干したり、薫製にしたり、塩漬けにしたりしていない、新鮮なお肉を食べられるのは、うちで〝しまつ〟したときだけだから、ステーキは、年に一度か二度の、すごいごちそうなんだ。

兄ちゃんも、二、三日前から食欲がなさそうだったハランも、夢中になってた。

あたしは、セージ兄を見るときに、ついにらんでしまうのをやめ変におとなしかったハランの元気がもどったようなのには、ほ

むりに笑おうとするのも、やめようと思った。そうしたら、すこし気が楽になった。

スオウさんは、やってきた。あたしを見つけて、「やあ」といった。「やあ、おはよう」と。

「おはようございます」

あたしは答えた。これが、あたしとスオウさんのあいだでかわした、はじめてのことば。

「ここで見ていていいですか。きのうの踊り、すてきだったから、また見たくて」

すらすらと、つっかえずにいえた。

「あれは、踊りじゃないけど」

スオウさんは、くすぐったそうな顔をした。

「きみは、踊りを見るのが好きなのかい」

スオウさんが、あたしをまっすぐに見てたずねるから、あたしははずかしくなって、ただこっくりとうなずいた。

「じゃあ、機会があったら、そのうちに、見せてあげよう」

「ほんと？」

うれしさに、息がつまった。スオウさんに踊りがおどれること、そして、それを見せてもらえるってことに。

「うん」

スオウさんが笑った。あたしだけにむかって、ほほえんだ。

「スオウさんって、なんでもできるんですね」

「なんでもはできないよ。そもそも、なんでもできる人間なんて、いないんじゃないかな」

「だって、じいちゃんが、ぜんぜん文句をいわないから」

スオウさんが小首をかしげたので、あたしはいそいで説明した。

「これまでにも、うちにとまって、仕事を手伝ってくれた人は、何人かいたんです。でもじいちゃんは、その人たちにかならず、『あんたは、鋤《すき》の使い方がわかってない』とか、『あんたがものを結ぶと、いつもあとでゆるむ。ひものあつかいがなってない』とかいうんです。じいちゃんは、人ができないことを見つける名人なんです」

そこまでいって、あたしはしまったと思った。「そんなじいちゃんに、何の文句もいわせないスオウさんはすごい」って伝えたかったんだけど、これじゃあまるで、じいちゃんの悪口をいってるみたいだ。

それに、じいちゃんのことをいやな人間だと思われてしまったら、あたしはその孫なわけだから、スオウさんにとって、あたしの印象も悪くなってしまう。

「えーと、でも、じいちゃんは、『あいつは性格が悪い』とか、『あいつの顔は気に入らない』みたいなことは、いわないんです。それに、その人がいないところでは、あーだこーだいわないし、つまり、じいちゃんはいつでも……」

「具体的な事実だけを、本人の前で指摘する」

「そう、そう」

あたしは、とびあがりたいほどうれしくなった。スオウさんは、あたしのいいたかったことを、ちゃんと理解してくれた。それに、子ども相手のやさしいことばを使わずに、おとなに対するみたいに話してくれた。

「きみは、おじいさんのことが好きなんだね」

聞かれてあたしは、きょとんとしてしまった。だって、そんなこと、考えたこともなかった。じいちゃんは、じいちゃんで、友達や先生みたいに、好きかな、きらいかな、なんて考えてみる相手じゃなかったから。

「えーと、たぶん」

スオウさんは、ただ静かにほほえんでいた。あたしは、もう一度よく考えてから、答えた。

「うん。好き」

スオウさんが、笑顔で小さくうなずいた。

あたしはこの朝のことを、あとから何度も思い出した。何度も、何度も思い返して、その何度目かに気がついた。

あんなに短い時間にスオウさんは、あたしから「好き」をふたつも引き出した。

あたしは、踊りが好き。

あたしは、じいちゃんが好き。

自分でも気づいていなかった、あったかい気持ちを、するりと引っぱり出してくれた。

だから、この朝のことを思い出すと、あたしはどんなときにも幸せな気持ちになれる。

このあとに、あんな大変なことがあったのに、スオウさんとふたりきりで話せた短い時間は、あたしの人生の宝物になった。

牛乳屋の馬車で、村に行くことにした。

エンレイにそう告げると、右のほおをぴくりとひきつらせた。子どものころから変わらない、不安になったときの癖だ。

しかたがないので、言い訳のような説明をした。

「前から考えていたんだ。稲刈りがおわったら、一日、村でのんびりしてこようと。だが、人手のある今のほうが、むしろいいだろう」

エンレイは、こまったように、右手の人差し指で鼻の頭をかいた。

「人手がないときでも、かまわなかったんだよ。行きたければ、いつ行ってもらっても。一日や二日くらいなら、ぼくひとりでも平気だから」

「ああ、わかっている。それほど差し迫った用事ではない。ごぶさたしている何人かに、ちょっとあいさつしてくるだけだ」

「うん。じゃあ、気をつけて」

いつもこうだ。エンレイがわたしに文句らしいことを言うのは、「もっと好きにすればいい。もっと楽にしてほしい」と、わたしを気遣うときだけ。どうしてわたしの息子なのに、こんなに気立てがいいのかと、時々ふしぎに思う。カエデの血をひいていることを考えれば当然なのかもしれないが、育てたのは、このわたしなのだ。もしかしたら、反面教師というやつだろうか。


牛乳屋のシホンさんは、こころよく馬車に同乗させてくれた。

御者台のとなりにすわったが、これといって話すことが見つからず、わたしはずっと黙っていた。シホンさんも無理に話題をさがそうとしなかったので、ごく自然な沈黙のなか、馬車は進んでいった。

道中の景色を、やけに懐かしく感じた。そういえば、村に行くのは半年ぶりだ。長い距離を歩くのが億劫になってから、すっかり足が遠のいていた。

村に着くと、シホンさんは、帰りも乗っていけと誘ってくれた。四時に集会所の前で落ち合うことにした。

それまで彼は、牛乳を売り歩き、残った牛乳を村はずれにある作業場に運んで、チーズやバターを作るのだ。人が忙しく働いているときに、こちらはぶらぶらしていることを思うと、後ろめたさを感じたが、これは謹厳潔癖《ピューリタン》すぎる気のまわし方だろう。

エンレイに言ったことを嘘にしてしまいたくなかったので、何人かの顔見知りをたずねてまわった。といっても、ほんとうに、ちょっとあいさつしただけだ。「やあ、どうしてる」「あいかわらずだ」などと言い合えば、それ以上話すことは思いつかない。

それでも、古い知り合いの顔を見てまわるのは、存外に、気分の晴れることだった。文房具屋のクウゴだけは、それで帰らせてくれなかった。どうせだから、いっしょに一杯やろうというのだ。

「人が働いている時間に飲む酒は、特にうまいんだ」

そう言って店を臨時休業にすると、家の奥へとわたしを強引に連れ込んだ。

クウゴは、昔からこういう男だった。町で仕入れた品と並べて、自分で手作りした文房具も売り物にしているのだが、がさつな性格に似合わず手先が器用で、彼の作ったものは評判がいい。そちらに精を出せばけっこうな稼ぎになるだろうに、「食っていける以上に働くのはまっぴらだ」と、気が向かなければ品物作りに手を出さないし、店は週休二日で、ときどき臨時休業。そのうえ年に二回は長期休暇をとっている。農業という一日も休めない仕事をしているわれわれからは、信じられないのんきさだ。

いや、われわれも、休もうと思えば休めるのだ。現にわたしは、早朝の仕事だけすませて、こうして村に出てきているし、近所の人に頼んだりすれば、家族で旅行することも可能だ。

しかし、そうやって休日をつくっても、飼っている牛の顔を見ない時間が丸一日にも及ぶと、落ち着かなくなる。畑のようすも気になってくる。

結局、われわれの仕事は、朝起きたら顔を洗うとか、服を着替えるといったことと、同じ種類のものなのかもしれない。何時から何時までどこにいて何をやれと強制されないかわりに、生活に密着していて、切りはなせない。

だから休日がとりにくくても、休憩なら自由にとれる。疲れたと思えばいつでも手を休めることが可能だし、夏の盛りには、早朝や夕方にからだを動かして、日中は室内でのんびりすることも多い。長雨が続くと、最低限のことだけすませて、ほとんど一日じゅう、エンレイと将棋を指して過ごすこともある。

クウゴからみれば、こういう生活のほうがのんきかもしれない。

わたしはクウゴに、ビール一杯だけつきあった。

彼はさらに引き留めようとした。学習能力のないやつだ。わたしとクウゴは、まだ十代のころから、一時間より長くいっしょにいると、必ずけんかになってしまう。このあたりで切り上げるのが互いのためなのだ。

「悪いが、図書館に行きたいんだ」

そう言うとクウゴは、残念そうな顔をしながらも、わたしを解放してくれた。

おそらく彼は、わたしが、上の学校の中にある図書館に行くと思ったのだろう。あそこに行けば、あらゆる情報にアクセスできる。違う世界の個人の消息に関するもの以外は。

そういう場所に行きたがるとき、その人物は、人生を考え直すとか、生き方を見つめ直そうとしているものだ。だからまわりは、邪魔立てせずに、そっと見送る。クウゴのような人情の機微を解さない男でさえも。

しかしわたしは、クウゴの家を出ると、上の学校につづく右手の道ではなく、左手に向かった。パン屋の前を通過してまっすぐに進み、村役場前の広場に出た。広場の西側には、平屋建てのこぢんまりとした木造建築物がある。

わが村にある、もうひとつの図書館だ。

入り口の開き戸は、あけっぱなしになっていた。今日は少し蒸し暑いので、風を通すためだろうが、この図書館に入館制限がないことを象徴しているようだった。

学校のある時間帯だからだろう、中の人影はまばらだった。

奥のほうのテーブルで、二人の幼児に絵本を読み聞かせている母親。別のテーブルで、まじめな顔をしてひとりで児童書を読んでいる、五歳くらいの男の子。ほかには、カウンターの中で破れた書籍の補修作業をしている図書館員がいるだけだった。

蔵書数はそう多くないので、前に来たときと置き場所が変わっていても、目当ての本はすぐ見つかった。

『人魚姫の涙』。

アンデルセンの『人魚姫』を下敷きにした物語だが、この本には著者名も、アンデルセンの名も記されていない。われわれの世界に、著作権の概念はないのだ。印刷物は、限られた場所で限られた部数しか作成できないのだから、それで支障はないのだろう。

カウンターからはなれたテーブルに行き、二組の先客に背を向ける席に腰掛けて、本を開いた。

物語は、海の中から始まる。嵐のために海で溺れていた王子を、人魚姫が助けて、岸まで運ぶ。彼に恋をした人魚姫は、魔女のもとを訪れて、陸で暮らせるからだにしてください と頼む。

ここまでは、アンデルセンの童話とほぼ同じだ。しかし、この物語の魔女は親切で、人魚姫から声を奪ったりしない。交換条件などつけずに、陸を歩ける二本の足と、海を出ても呼吸ができる肺を与えたうえ、海に帰りたくなったら元のからだに戻してあげるとさえ約束するのだ。

人魚姫は王子と再会し、ふたりは深く愛しあった。周囲に祝福されて結婚し、幸福な生活がはじまった。

ところがやがて、人魚姫は元気を失っていった。魔女はたしかに、陸で生きられるからだにしてくれた。けれども、海での人魚の生活と、陸での人間の暮らし方は、あまりにもちがっていたのだ。

王子は、そんな彼女を心配して、食べ物に配慮をしたり、いつでも泳ぐことのできる大きな池をつくったりしたが、そんなことでは埋まらない溝が、ふたつの世界のあいだにはあった。愛情ではおぎないきれない心理的な負担に、人魚姫はどんどんやつれていった。

　彼女は絶対に陸の生活になじむことはできない。そう見極めをつけた王子は、大きな決断をした。彼のほうが海に行くのだ。王子の地位と、大地の上に立つ生活を捨てて。

　それほど深く王子は、人魚姫を愛していた。妻と別れることなど考えられない。しかし、妻をこれ以上、息苦しい地に住まわせておくことはできない。となれば、彼自身が海に住むしかなかったのだ。

　魔女は、またしても親切だった。人魚姫を元の人魚に戻すとともに、王子に、海の中で暮らせるからだをくれた。

　王子は、海での生活を楽しもうとした。珍しくも美しい景色。刺激的でおもしろい習慣。つねに肌にふれるやさしい水の感触。

　けれども、いくら魚の尾をもらっても、彼は陸の人間だった。水ではなく、大気を感じて暮らしたかった。泳ぐのでなく、二本の足で歩きたかった。それは、どんなに忘れようとしても消し去ることのできない、骨身に刻みつけられた感覚で、魔女でさえも、どうにもできないことだった。

　結局、王子はひとりで陸に戻った。ふたりは強く愛しあっていたが、愛する人が身近にいないつらさに耐えることを選んだのだ。

　このつらさなら、抱えて生きていけるだろう。しかし、王子は、自分が大気に包まれていないと、魔女の魔法で生命を維持することはできても、魂が少しずつ死んでいくのだと知ってしまった。そして人魚姫の魂は、海の中でしか生きられない。

ふたりは別れ、王子は陸で、人魚姫は海で、相手を想って涙した。

わたしは本を閉じた。裏表紙に片手を置いて、しばらく瞑想した。それから、一ページ目を開いてふたたび読みはじめた。

何度目かの瞑想のあと、壁にかかっている時計の針が三時半を回っているのに気づいた。図書館を出て、集会所の前の階段にすわって、シホンさんの馬車を待った。

帰りの景色をどう感じたかは覚えていない。わたしはひたすら考えていた。あと五年、我慢をしたら、わたしは海で暮らせていたのではないか。そんなことは、いまさら考えてもしかたがないのだとしても、この年齢になったいまなら、陸に対する恋しさが、耐えがたい苦痛にまではならないのではないか。

けれども、あれからずいぶんな年月が過ぎた。人魚姫はもう、わたしのことを忘れているかもしれない。覚えていても、愛しいという気持ちが跡形もなく消えてしまっているかもしれない。

『人魚姫の涙』を読むたびに、わたしはこうした煩悶《はんもん》を味わうことになる。それがわかっていても、時々むしょうに読みたくなる。

あの旅人は、このすべてに、終止符を打ってくれるのだろうか。

〈わたし〉の旅　理解

同じ家に寝起きして三日もたつと、フクジュへの苦手意識はずいぶん薄らいだ。

彼の場にそぐわない発言にぎょっとさせられるのはあいかわらずだが、悪気のないことがよくわかってきたのだ。最初のころのように、頭で理解するだけでなく、感覚的に。

無器用で、けれどもひとつひとつの物事に真剣にあたる人間なのだ。ひとつひとつの物事に真剣すぎて、結果的に無器用にしかふるまえないのかもしれない。

不機嫌そうな言動に反して、まわりに細やかな心づかいをしめしていることも、いっしょに仕事をしているうちにわかってきた。

そしてこの朝、彼の孫娘の話を聞いて、わたしのフクジュへの理解はずいぶん進んだように思う。人を知るには、直接会ってことばをかわすのがいちばんだが、家族の目を通してその人物を見ることも、大きなヒントになるものだ。

おかげで、この家への滞在は、エンレイに告げた一週間から十日より短くすむかもしれない。

その日の午後、わたしはひとりで薪割りをしていた。

フクジュは朝食前に村に出かけた。何の用事なのかは聞いていない。

エンレイは、畑に行った。この午後やるのはいくぶんの経験を要する作業のようで、わたしは連れていってもらえず、初日につづいて薪割りをやることになったのだ。

ナズナは、わたしが「なんでもできる」と思っているようだが、そんなことはない。必要から、この世界の農作業がひととおりこなせるようになってはいるが、プロの仕事と呼べるレベルではない。十一歳の娘にはわからなくても、エンレイにはお見通しなのだ。

わたしは、そういう彼の眼力を好ましく思っていた。それに、薪割りは好きな仕事だ。きれいに割れると気持ちがいい。

調子よく半分ほどをすませて、一息ついたとき、背後に人の気配を感じた。振り向くと、十数メートルはなれたところに、ハランが立っていた。

わたしが振り向いたことに驚いたように、ハランは二、三歩あとずさった。けれども、そのまま逃げ出したりはしなかった。兄のセージがこの前日にみせたのとそっくりの、挑戦状をたたきつけにくるような足取りで、わたしに向かってきた。

そばまでくると、わたしを見上げた。いさましい歩き方とは裏腹に、泣き出しそうな目をしていた。

「ねえ。聞いてもいい？」

わたしは、にっこりとほほえんだ。どんな質問がこの子の口から飛び出すのか、楽しみだった。

ハランは、音が聞こえるほど大きくつばをのみこむと、目をつぶって二、三回深呼吸した。それから、たずねた。

「あなたは、人間？」

この質問には、虚をつかれた。わたしがこれまでにされた質問の中で、もっとも根元的なものかもしれない。

「もちろん、人間だよ。そう見えないかい」

「見えるけど……」

見かけだけでは信用できないと思っているのか、ハランの不安はやわらいでいなかった。

「ほんとうに人間だよね。うそをついてないよね」

あせりさえ感じさせる声で聞く。

「うそなんかついてないよ」

「ほんとに、ほんと？　信じていい？」

そこでハランは、こんな質問をいくら繰り返しても、真実の保証など得られないことに気づいたらしい。こまったように顔をゆがませると、うつむいた。

この状況で、わたしの口からどんななぐさめを言っても、元気づけることはできない。

どうしたものかと思案していると、顔を上げて、真剣な口調で話しだした。

「あのね、ぼくんちはね、仲のいい家族なんだって。パン屋のおばさんとか、近所の人が、そういってた。おじさんも、ぼくんちは仲がいいって、思う？」

「思うよ」

ことばで同意するだけでなく、わたしは大きくうなずいてみせた。

「でもね、兄ちゃんと姉ちゃんは、しょっちゅうけんかしてるし、じいちゃんはいばっているし、兄ちゃんは、そんなじいちゃんにつっかかったりするし、ぼくは、兄ちゃんや姉ちゃんにいじわるされるんだ」

「たいへんだね」

「だから、仲がいいっていわれても、そうかなって思ってたけど、でも、リオのお父さんとお母さんは、毎日けんかをするんだって。聞いてられないくらいの、ひどいけんかなんだって。そんなの、へんなのって思ってたら、『たいがいの夫婦は、結婚して二、三年もしたら、そんなものだ』って、トウヤさんが教えてくれた。うちの父さんと母さんは、村でも評判の、いつまでも仲のいい、めずらしい夫婦なんだって」

「そうだね。きみのご両親は、仲のいいご夫婦だね」

いったいこの子は、なんのためにこんな熱弁をふるっているのだろうと思いながら、正直な感想を述べた。

「ぼくは、うちしか知らないから、よくわからないけど、よそんちみたいなひどいけんかがないってことは、やっぱりうちは、いい家族なんだよね」

わたしは深くうなずいた。

「だったら、ずっとこのままでいたほうがいいよね」

わたしは、ただにっこりとほほえんだ。

「ずっとこのまま、じいちゃんと、父さんと、母さんと、兄ちゃんと、姉ちゃんと、ぼくとで、くらしていけるよね」

わたしは、苦笑するしかなかった。

「くらしていけるよね。ずっとがむりでも、せめて、ぼくが上の学校に行くまでくらいは、家族がへるようなことは、おこらないよね。ねえ、答えて。そうだっていって」

「ハラン。そんな質問に答えられるのは、神様だけだ。わたしは、さっき言ったように、ただの人間なんだよ」

ハランは、今度こそ泣いてしまいそうな顔になった。彼をなぐさめたいのと、少々のいたずら心から、わたしは教えてかまわないぎりぎりの話をすることにした。

「知ってるかい。きみのご両親だけじゃなく、おじいさんとおばあさんも、仲のよさでは評判の夫婦だったんだよ」

「え」とハランは目を丸くした。「ぼくのおばあさんって……、父さんの母さんのことだよね。ずっとずっと前に、死んじゃったんだよね。おじさんは、どうして、そんな昔のことを知ってるの？」

「となりの村で、そういううわさを聞いたんだ」

わたしは小さなうそをついた。ハランの話によると、フクジュやエンレイは小さくないうそをついているわけだが。

ハランは驚きのあまり不安を忘れたようで、しばらくぽかんと口を開けていた。

「そんなこと、考えたこと、なかった」

「『そんなこと』って？」

「じいちゃんに奥さんがいたってこと。つまり……父さんの母さんって人が、ぼくのばあちゃんなんだってことは、わかってたけど、その人が、じいちゃんの奥さんだって、考えたことなかった」

七つの子どもなら、そうなのだろう。老人に若者だった日々があったことや、自分の親に子ども時代があったことを「考えたこと」がなく、初めてその事実に思い至ったとき、驚きのあまり狼狽《ろうばい》する。そうやって、子どもは世の中を理解していくのだ。

「そうかあ。父さんのことを、お母さんがはやく死んじゃって、かわいそうって思ってたけど、じいちゃんも、かわいそうだったんだ。仲のよかった奥さんが、はやく死んでしまって」

そこでハランは、はっと息をのんだ。

「つまり、父さんと母さんが、いくら仲がよくても、そんなことかんけいなくて、母さんだって、もしかしたら……」

ハランの両目に涙が盛り上がった。こんな話をするんじゃなかったと、わたしは後悔した。

「わたしが言いたかったのは、そういうことじゃないんだ。きみのおじいさんも、お父さんも、すばらしい相手といっしょになった。だから、きみもやっぱり、ずっと愛しあえる、すてきな人と結婚できるかもしれないねと、そう言いたかったんだよ」

ハランはまた、大きく目をみひらいて、口をぽかんとあけた。自分の結婚相手のことも、「考えたこと」がなかったのだろう。

「じゃあ、わたしは薪割りの続きをしないといけないから、あっちに行ってくれないか。割れた拍子に、薪が飛び跳ねることがあって、危ないから」

ハランは、口をあけた呆然とした顔のまま、その場を立ち去った。

花園家の人々 7　セージ

〈この世には、子どもにだけ知らされていない、大きな秘密がある〉

〈おとなたちは、全員でそれをかくしている〉

〈十五歳になって、上の学校に行くようになったら、その秘密を教えてもらえる〉

下の学校に入る前から、そういううわさを聞いていた。

この世界が、見た目どおりのものじゃないという考えは、わくわくできるものだった。おとながみんなで、子ども全員にかくしている秘密。いったいそれは、何だろう。

もしかしたら、知らなきゃよかったと思うような、恐ろしい秘密かもしれないけれど、それでも早く知りたいと、ぼくはずっと思っていた。

秘密の正体についても、いろいろとうわさがあった。遠くの山で見つけた水晶のかけらと交換で、秘密を手に入れたってやつがいて、ぼくも、よく飛ぶ竹とんぼ五本を渡せば教えてやると、もちかけられた。

ふた晩考えて、ことわった。だって、教えられた秘密がほんものかどうかは、十五歳になるまでわからない。それだったら、ただで教えてもらったうわさと変わらないわけで、無理に聞き出す意味はない。

秘密なんて存在しない。子どもが上の学校の入学めざして、いっしょうけんめい勉強するよう、おとなが嘘のうわさを流しているんだ――といううわさもあった。

父さんに、思いきってたずねてみたことがある。ほんとうに、秘密なんてあるのか。あるとしたら、うわさでいわれていることの、どれが正しいのか。

「そのうち、わかる」が返事だった。

ものわかりのよさそうなおとなに、こっそり聞いたこともある。

「おまえにだけ、教えてやる」と、紙芝居の空想物語よりもっととほうもない、聞いただけででたらめとわかる話を教えられた。

けっきょく、十五歳になるのを待つしかないんだと、あきらめた。

だから、やっと入ることのできた上の学校で、「絶対に自分より年下の子どもに話してはいけません」と、くどいほど念押しされたあとで明かされた秘密が、「世界はひとつではない」だったときには、正直いって、がっかりした。

そんなことは、うわさのひとつとして、とっくに聞いていたし、もしかしたらそうかもしれないと、うすうす感じてもいた。

〈世界はひとつではない。ここととは別にあと三つ、まったくちがう世界がある〉

そう教えられても、だから、なんだっていうんだろうと思った。

しかも、「まったくちがう」といっても、動物がことばをしゃべったり、空と地面がさかさまになっていたりするわけじゃない。「人間の文明の段階」がちがうだけだっていうんだから、そんなの、村と町とがちがうのと、たいして変わりないじゃないかと思った。最初のうちは。

先生は、いろんなことをゆっくりと、順を追って説明した。

〈ツルバ界〉というところには、「電気」があって、だから、ランプがなくても明るく部屋が照らされていること。「電気」と「電波」によって働く「ラジオ」というものがあって、遠くはなれた場所の声や音が聞けること。「ラジオ」からは、音楽や、声だけの芝居や、おしゃべりの上手な人のおもしろい話が流れているということ。ほかにも、「自動車」とか「列車」とか「電話」とか「レコード」というものがあること。

「その世界に行きたい」

ひとりがさけんだ。

「行けます」と、先生がいった。

「十八歳になったら、自分で選んだ世界に住むことができるのです」と。

ぱちん、と目の前で何かがはじけたような感じがして、気がついたらぼくは、立ち上がっていた。

先生と目が合って、はずかしくなってすわりなおした。それから、「そういうことだったのか」と思った。

〈十八歳になったら、自分の人生を自分で決めていい〉

おとなはしょっちゅう、そういっていた。ぼくはそれを、「父さんの農場を継がなくてもいい」という意味だと思っていた。農業がいやだったら、たとえばパン屋に雇ってもらってパン職人になるとか、町に行って商売を覚えて何かの店を開くとか、好きな道に進んでいいってことだと。

でも、もっと大きな意味だったんだ。

胸がじーんとしていた。

ぼくはずっと、これを待っていたんだと思った。

ことはちがう、三つの世界。そのどれかに行って、子どものころには想像もしていなかったような道具にかこまれて、まったく新しい生活をする。

「人生」ってことばの意味が、一気に広がった気がした。

〈世界はひとつではない〉

それが、どかんとした、とてつもない秘密だったことに、ぼくはやっと気がついたんだ。

「ただし、一度選んだ世界からは、五年間、絶対に出ることができません。十八歳で選んだ世界には、二十三歳になるまで、何があっても住みつづけなければいけないということです。世界と世界は厳格にへだてられていて、五年に一度の機会以外は、いっさい出入りできないのです。ですから、どの世界に住むかは、慎重に選ばなくてはいけません。後悔のない選択ができるように、これからの三年間で、ほかの世界のことをじっくりと学んでいきましょう」

それまでぼくは、勉強とはつらいものだと思っていた。やらなくてはいけないから、しかたなくやるものだと。

でも、いまは、学ぶことが楽しくてしかたない。授業の時間がおわると、がっかりしてしまうくらいだ。

ぼくたちはまだ、〈ツルバ界〉のことしか教わっていない。早く〈ジュイへイ界〉や、まだ名前も聞いていないもうひとつの世界のことが知りたい。〈ツルバ界〉のことも、もっともっとくわしく知りたい。その世界に行ったら、すぐにふつうに生活できるよう、「電気」のことや、「ラジオ」の仕組みも理解したい。

ぼくは、時間のあるかぎり図書館にこもった。村の広場のところにある、物語や子ども向けの図鑑しかない図書館のことじゃない。上の学校の中にある、それまで存在も知らなかった図書館だ。

そこには、ほかの世界のことが書いてある本がたくさんあった。外からやってくるおとなたちとちがって、ぼくたちは、授業で習ったところまでのものしか見せてもらえないけれど、それでも、学校が開いている時間では読みきれないほどの資料があった。借りて帰って、徹夜で読みたいくらいだったけど、この図書館の本は、持ち出し禁止になっていた。十五歳より小さい子どもに、見られたらいけないからだ。

世界の秘密を、妹のナズナや弟のハランはまだ知らない。

それを思うと、かわいそうな気もする。

だけど、あいつらだって、十五になればちゃんと教えてもらえるんだ。

それに、あんまり早く知ってしまうと、ほかの世界に行くことのできる十八歳が、遠い未来すぎて、つらくなる。

三年なら、待てる。待ち遠しいけど、ほかの世界のことをちゃんと知って、後悔しないように自分の行き先を選ぶのに、三年かかるというのはわかるから。

だけど、もしもぼくが、ナズナの年で世界の秘密を知ってしまっていたら、それからの毎日は、苦しくてたまらなかっただろう。「ほかの世界に行けるようになるまで、まだ七年もある」。そう考えるだけで、この家も、うちの畑や牧草地も、冒険してまわるのが楽しかった裏の森や、遠くに見える山までが、ぼくを閉じ込めている檻にみえて、大嫌いになっていたかもしれない。

もっとも、ナズナがぼくと同じように感じるかは、わからない。あいつはときどき、この世でいちばん賢いのは自分だとでも思っているような、尊大な顔をする。それに、ぼくよりずっと、この世界になじんでいるというか、満足しているみたいにみえる。もしかしたら、あいつは、世界はひとつじゃないと聞いても、「あ、そう」でおわりにするかもしれない。

だいたい、ナズだって、「十五歳になったら教えてもらえる秘密がある」ってうわさを聞いたことくらいあるだろうに、ちっとも気にしていないみたいだ。「そんな子どもっぽいうわさ、どうだっていい」とでも思っているのかな。「ほんとに秘密なんてものがあるにしても、教えてもらったときに考えればいい」と、鼻で笑って。

きっと、そうだ。あいつは、そういうやつだ。

ハランなんて、いつもぼーっとしているから、秘密があるってうわささえ、聞いたことがないかもしれない。それに、ぼーっとしているくせに、ものすごく臆病だから、ほかの世界があると知っても、そんなところに行きたいとは考えないんじゃないかな。

あいつは、ずっと、この家にいそうな気がする。じいちゃんくらいの年になっても、ずっと。

どっちにしても、あいつらが秘密を明かされるとき、ぼくはそばにいない。

十八になったら、この世界を出ていくから。

父さんや母さん、友達や知ってる人たちとはなれて、たったひとりで初めての世界に行くことを考えると、背中がぞくぞくふるえてしまう。

それでも、ぼくは行く。

この決心だけは、これからの三年間で何を教わっても変わったりしない。背中のぞくぞくは、恐怖心のせいだけじゃない。それほどぼくは、その時を待ち望んでいるんだ。

上の学校に行くようになってから、ぼくは夜がくると、ほっとする。

一日が終わった、十八歳になる日がまた一日近づいた、と思えるから。

そして、明日は何を教えてもらえるだろうと、期待に胸をふくらませながら眠りにつく。

自分ひとりの部屋がもらえず、小さな弟といっしょに寝なくてはいけないことが、ぼくはずっと、いやでたまらなかった。いまも、ハランにはときどき、どうしようもなくいらいらさせられるけど、この小さな弟といっしょにいられるのも今だけだと思うと、がまんできるようになった。ときには、ぐっすりと眠っているハランのあどけない顔が、いとおしくてたまらなくなることまである。目に焼きつけておきたくて、じっとながめてしまうことも。

たぶんぼくは、こいつらとはなれて暮らす心の準備をしているんだと思う。

世界の秘密を知って、「ああ、なるほど」と思ったことがある。

それまでに、なんとなくおかしいなと感じていたいくつかのことに、「そういうことだったのか」と合点がいったんだ。

たとえば、友達の年のはなれたお兄さんが、十八歳でこの村を出て、遠い町に働きに行った。それっきり、一度も帰ってきていないし、手紙もとどいていないらしい。その家のお母さんが病気になって、一か月寝ついたときにも、お見舞いにもどってきたりしなかった。そうしてとうとう死んでしまっても、お葬式にも帰ってこなかった。

そんなのって、おかしいなと思っていたけど、あのお兄さんは、ちがう世界に行ってしまっていたんだな。

久しぶりにこの村に帰ってきて、また住むようになったというおじさんが、街道を歩きながら、「馬車の車輪ががたごという音は、いいもんだなあ」と、心から懐かしそうにいうのを聞いたことがある。馬車の音なんて、どこでも同じだろうに、変なことをいう人だなと思っていたけど、あの人は、馬車なんてないような、ちがう世界から帰ってきたところだったんだ。

いまならぼくにも、それがわかる。そのおじさんが、ぼくに聞かれたことに気づいたとき、こまったような顔をした理由も。

何年か前によその村から大工の見習いにきたおじさんが、ずいぶん変わった人だなと思ったわけも、世界の秘密を知ったことで、理解できるようになった。

ぼくはそのころ、家を建てる仕事に興味があったんで、学校の帰りに、そのおじさんが仕事をしているところを、よく見に行った。

おじさんは、つないである馬のすぐ後ろを通ろうとして、けられそうになった。

そんな不注意なおとなを見たことがなかったんで、ぼくはあきれた。

それから、かんなをかける手つきとかが、あまりにもへたっぴいで、いくら大工仕事が初めてでも、これはひどいと思った。

でも、それだけじゃなかったんだ。具体的にどうとはいえない何か、たぶん、歩き方とか、からだの動かし方とかのささいなことが、そのおじさんはちがっていて、ぼくは、「この人、ほんとに人間かな」とまで思った。

いま考えれば、あの人は、ずっとほかの世界で生きてきて、ぼくたちの世界に来たばかりだったんだ。

スオウさんを見たときにも、「この人は、ぼくたちとちがう」という感じが、びんびんした。

大工見習いのおじさんとちがって、スオウさんは、農作業を楽々とこなした。人の仕事に文句をつけるのが得意のじいちゃんも、スオウさんについては何もいっていない。

だけど、まわりの空気がちがっていた。

こんな乙女チックないい方、ナズナみたいでいやだけど、そうとしかいいようがないほど、スオウさんは、何かが決定的にちがっていたんだ。

ぼくはそれを、子どものころのようにふしぎがったりしなかった。世界の秘密を明かされたいま、理由はすぐにわかった。この人は、別の世界からやってきたんだ。

ぼくは、スオウさんに、ほかの世界の話を聞きたいと思った。

「順番に。三年かけて、ゆっくりと」

それが、先生たちのいつものせりふだ。どうして世界が四つに分かれているのか、その理由を質問したやつがいたけど、そのときも、「いずれ学習することです」でかわされた。

順番に、ゆっくりと知っていく必要があることは、頭ではわかる。それでもときどき、もどかしさに、やりきれなくなる。

図書館の読むのを許されている本だけでも、じゅうぶん驚異的だけど、ほかの本も早く読みたい。それに、奥にある「映像」コーナーにも入ってみたい。

「映像」っていうのは、「白雪姫」の物語に出てくる魔法の鏡みたいに、ほかの世界のことを見せてくれるものなんだそうだ。そんなことを聞かされたら、すぐにも見てみたくなるにきまってるじゃないか。

夜中にこっそり学校にしのびこんで、「映像」コーナーに入ってみようかと思ったこともある。

でも、あせって規則をやぶったりしたら、十八になっても、ほかの世界に移住させてもらえなくなるかもしれない。それだけは、絶対にいやだ。

そんなときに、スオウさんがやってきた。ふつうの旅人みたいな顔をしていたけど、ほかの世界のにおいをぷんぷんさせていた。

だから、話を聞いてみたかったんだ。どんな小さなことでもいい。ここととはちがう、よその世界の、生《なま》の話が聞きたかった。

でも、だめだった。ほかにだれもいないところで話をする機会を見つけたのに、スオウさんの顔には「いずれ学習することです」と書いてあった。スオウさんの笑顔は、「映像」コーナーの手前にある壁みたいに、押してもびくともしそうになかった。

だったら、ぼくの前で、よその世界のにおいを、そんなにぷんぷんさせないでほしいと思った。「順番に、ゆっくりと」学んでいくつもりでいたのに、スオウさんのせいで、こんなにあせってしまったんだから。


次の日、学校から帰ると、畑には父さんの姿しかなかった。

そばにいってみると父さんは、ナスの更新剪定《こうしんせんてい》をしていた。夏の収穫がおわった枝をうまく剪定してやれば、冬がくる前にまた、どっさりとナスがとれるんだ。

父さんに、じいちゃんとスオウさんはどこにいるのか聞いてみた。気になったのはスオウさんのことだけだったんだけど、じいちゃんのことも尋ねないと、不自然だと思って。

じいちゃんは村に出かけた。スオウさんは薪割りをしている、と父さんは教えてくれた。

ということは、スオウさんはいま、ひとりなんだ。

もう一度、ほかの世界の話を聞きにいってみようかと考えた。あの人とふたりきりで話ができる機会は、そうそうない。この前は、何も教えてもらえなかったけど、質問のしかたを変えれば、少しは何か聞き出せるんじゃないだろうか。

だけど、スオウさんの仮面のような笑顔を思い出すと、足がすくんだ。

まずは、父さんに聞いてみることにした。

「ねえ、父さん。スオウさんって、何者？」

父さんは、ナスの枝にのばしかけていた手を、びくんと止めた。

「ちがう世界から来たみたいな感じがするんだけど、でも、移住者ってふんいきでもない。なんだかふしぎな人だよね」

父さんは、剪定ばさみをかちゃかちゃと空切《からき》りした。刃がいたむからと、ふだんは絶対やらないのに。

「世界と世界は、厳格にへだてられている。五年に一度の移動以外は、いっさい出入りできない。そのことは、もう習っているんだよな」

父さんは、学校でぼくがまだ習っていないことを、うっかりしゃべってしまわないように、慎重になっているようだった。

「うん。五年に一度の機会以外は、どんな理由があっても出入りできない。例外は、三つの職業についている人だけ。その人たちは、特別に許されて、世界を自由に出入りしながら仕事をしている。そう習った」

この話を聞いたとき、ぼくは痛切に、その職業につきたいと思った。世界を自由に出入りできる。なんて、すばらしい特権なんだ、と。

でも、先生は、厳しい口調でこうつづけた。

「〈自由〉ということばにまどわされてはいけません。いくつもの世界を短期間で出入りするということは、どこの世界にも根を下ろせないということで、非常につらい仕事なのです。また、こうした働き方をしているのは、高い専門性をもち、たくさんの試験に合格した、ごく少数の人だけです。これらの職を目指すのは、絶対にやめたほうがいいと忠告しておきます」

先生がそんなふうに自分の意見をいうのはめずらしかったから、強く印象に残った。

「で、その三つの職業が何かも、習ったのか？」

父さんは、あくまで慎重だった。「うん」と答えたかったけど、ここでうそをついたら、教えてもらえるはずのことまでだめになりかねないと思ったんで、正直に話した。

「二つだけは。一つは医者で、もう一つは警察官、だよね」

四つの世界は、文明の段階がちがう。でも、そのせいで命の重さまで変わってはいけないから、生命にかかわる病気やけがへの医療活動と、強盗や殺人などの重大犯罪の捜査は、最新技術をもった専門家があたることになっているんだそうだ。

「だから、だれにも見られていないからといって、人をなぐりたおしてお金をとったりしてはいけません。わたしたちからみれば魔法のような方法で、すぐにつきとめられて、逮捕されてしまいます」なんて先生はいっていたけど、ぼくたちの村に、そんなことを考える人はいないと思う。

「じゃあ、三つ目の職業が何かを明かすわけにはいかないが、父さんは、もしかしたらスオウさんは、その仕事をしている人ではないかと思っている」

『もしかしたら』って、もう何日もいるのに、父さんにもわからないの」

父さんは、何かいいかけて、やめた。おとなはほんとうに、子どもにものを教えるときに慎重だ。いらいらするほど。

「いずれにせよ、おまえが気にすることじゃない。それに、あの人は、ごくふつうの旅人かもしれないんだ。スオウさんに、変なことをたずねたりして、こまらせてはいけないよ」

そのあと父さんは、聞こえるか聞こえないかの声でつぶやいた。

「あの人は、何をたずねられても、こまったりしないだろうが」

父さんは、ナスの枝をじっとにらんでいた。でも、まだ仕事にもどりそうにはない。

ぼくは、この機会に、ずっと気になっていたことを聞いてみることにした。

「父さんは、いいの？　どこにも行かなくて」

十八歳をすぎたら、五年に一度、好きな世界に移動できる。

それを知ったときから、ふしぎでならなかった。村の人たちのほとんどは、ぼくの知っているかぎり、ずっとここに住んでいる。ちがう世界に行くこともできるのに、どうして、こんな小さな村の中にじっとしていられるんだろう。

父さんは、とまどったようなまばたきをした。それから、剪定ばさみを革のベストのポケットにしまうと、地面の上に腰を下ろした。

大切な話は、立ち話ですませずに、すわってする。

父さんの昔からの習慣だ。ぼくも、父さんの向かいに腰を下ろして、ひざを抱えた。

ナスの葉っぱの影が、父さんの顔の上でゆれていた。

「父さんは、どこにも行かない。もう、行かないと決めたんだ。だがおまえは、行きたい世界に行けばいい。止めはしないよ。ただし、五年間というのは、長い。たぶん、おまえが思っている以上に。後悔することにならないように、しっかり考えて決めるんだぞ」

父さんが、とっても父さんらしいことをいった。でもぼくは、話の前半でひっかかって、あとのほうは、ほとんど聞いていなかった。

「『もう、行かない』って……」

つまり父さんは、ほかの世界に住んだことがあるってこと？

驚いた。父さんは、全然そんなふうに見えなかった。

そりゃあ、「父さんは、よその世界に行ったことがある？」って確認したことはなかったけど、確認することを思いつかないくらい、父さんは、ずっとずっとここにいたような顔をしていた。

「え、じゃあ、母さんは？　じいちゃんは？」

それまでは思いもよらなかった疑問がわいた。

「母さんは、どこにも行ったことがない。よその村にさえ、住んだことがない。わざわざ行ってみなくても、ここが自分にとっていちばんいい土地だと知っているというんだ。すごいだろう、母さんは」

父さんは、目を細めながら右手で前髪をかきあげた。

「わたしは、母さんみたいに賢くないから、やっぱり一度は見てみたくて、十八になると、シンセカイに行った」

ぼくは、肩がぴくんとふるえるのをおさえられなかった。父さんが口にしたのはきっと、まだ聞いていなかった、四つ目の世界の名前だ。

〈シンセ界〉？　それって、〈新世界〉なのかな。それとも〈真世界〉？　中心にある〈芯世界〉ってことだろうか。

いや、〈ツルバ界〉とか〈ジュイヘイ界〉は、意味のわからない変な名前だ。〈シンセ界〉も、特定の漢字をあてはめられるような名前じゃないのかもしれない。

父さんは、ぼくの肩がぴくんとしたことに気づかなかったみたいで、そのまま話をつづけた。

「じいちゃんも、ほかの世界に行ったことがある。その結果、自分はここでしか生きられないと確信して、〈カオア界〉にもどってきたんだ。『人には、適応できる世界と、どんなにがんばってもそれが無理な世界がある。適応できない世界で暮らすのは、魂がゆっくりと殺されていくような、とてつもなく苦しいことだ』。じいちゃんは、自分の経験について、そう教えてくれた。それでもやっぱり、わたしは行ってみないではいられなかった。会いたい人もいたし」

ぼくは、「えっ」と思った。「会いたい人」？　よその世界にいる、父さんの「会いたい人」って、いったい……。

父さんは、いいすぎたと後悔したように、下くちびるを歯のあいだに巻き込んだ。

そのとき、ぼくは「あっ」と思った。道ばたにぱらぱらと落ちている小石が、線でつなぎ合わせたら何かの形が浮かび上がる並びになっていると、急に気づいたときみたいに、ずっと昔に「あれっ」と首をかしげながら忘れ去っていた小さなものごとのいくつかが、すーっとつながったんだ。

一つ目の小石は、ぼくがいまのハランくらいの年だったときのこと。父さんの母さんは、父さんが四つのときに死んでしまったと聞かされて、「どうして死んだの」と尋ねたら、「病気で」とじいちゃんがいった。「なんの病気」と、また尋ねたら「肺炎」と。でも、別のときに母さんは、「心臓の病気で亡くなったのよ」といっていた。ぼくは、ほんの子どもだったけど、肺炎と心臓の病気はちがうものだと知っていたから、「あれっ」と思った。だけど、母さんのかんちがいかもしれないし、とっくの昔に死んだ人のことなんて、ぼくにはどうでもよかった。

二つ目は、小石どころか、砂粒くらいのちっぽけな疑問。

それは、うちの中に、ばあちゃんの思い出の品がまったくないってことだ。友達のうちには、大昔に死んだだれかの形見とか、肖像画とか、愛用していた道具とかが残してあって、その思い出を話すのが好きな年寄りがいたりするから、「うちは、そういうことが全然ないな」とぼんやり思ったことがある。でも、じいちゃんの性格を考えれば、それも当然かなと、そんな疑問はすぐに忘れた。

それから、三年くらい前の図書館の光景。

図書館といっても、いまぼくが時間のあるかぎりこもっていたいほうじゃない。学校の外にある、ちっぽけなやつのことだ。

そのころのぼくは、その図書館しか知らなかったから、ちっぽけだとも、つまらないところだとも思っていなかった。新しい本が入ったというお知らせがあれば、かならず見に行ったし、もう読んだことのある本を、また読みに行くこともあった。

あの日も、何かの本を読み返したくなって行ったんだったと思う。そうしたら、奥のほうにじいちゃんの背中が見えたんで、びっくりした。

考えてみたら、おとなだって、けっこう図書館にやってくるし、じいちゃんは家でもよく本を読んでいる。びっくりすることはなかったんだ。

ただ、じいちゃんは、みんなが好んで行く場所のことを「ふん」と鼻で笑っていそうなんで、ふつうの人みたいに図書館にいたのが意外だったんだ。

何を読んでいるんだろうと思った。じいちゃんが家で読んでいるのは、字の小さな、辞典みたいな本だ。いま思えば、この世界のことしか書いてない、薄っぺらな内容のものだけど、あのころのぼくには、〈賢い人間しか読んではいけません〉といばっている本にみえていた。

　この図書館に、じいちゃんが好きそうな本なんてあったっけ、とふしぎになって、そっとうしろから近づいた。

　大きな挿絵が見えた。子ども向けのおとぎ話の本みたいだった。ますます気になって、姿勢を低くして横にまわり、背表紙の文字を読みとった。

『人魚姫の涙』。

　ぼくも読んだことがあったけど、よくわからない終わり方をする、あんまりおもしろくない話だった。それなのに、テーブルにかくれながら見たじいちゃんの横顔は、「なんだ、こんな話。ばかばかしい」って感じのものじゃなかった。むしろ、その逆の——。

「父さん」

　ぼくは、頭の中でつながったばかりの形を、父さんにぶつけてみることにした。

「父さんの母さんは、父さんが四歳のときに死んだって話、あれ、ほんとう？」

　父さんが、むずかしい顔つきになった。何かいおうとしながら、何もいわずにぎゅっと閉じてしまった口を、しばらくするとまた開いて、話しはじめた。

「おまえに、どこまでしゃべっていいのか、よくわからないが……。もう、見当はつけているんだよな。父さんの母さん——おまえのばあちゃんは、わたしが四歳のときに、

〈シンセ界〉に行った。もともと、そこで生まれた人だったんだ」

「やっぱり」と思ったけれど、「そんなの、ひどい」とも思った。だって——。

「たった四歳の子どもをおいて？　自分の産んだ子どもでしょう。この世界がいやだったとしても、父さんが大きくなるまで待てなかったの」

「うん。わたしも少し、そう思った。だから、十八になったとき、会いに行ったんだ。どうしてわたしたちをおいて〈シンセ界〉に帰ってしまったのか、その理由を聞きたくて」

「聞けたの？　ううん、その前に、会えたの？」

父さんは、二回うなずいた。

「おまえも知っているだろうが、ちがう世界にいる人と連絡をとりあうことは、まずできない。だから、まだ生きているかもわからないまま行ったのだが、すぐに会えた。〈シンセ界〉は、そこに行ってしまいさえすれば、特定の個人をさがしだすのが、とてもかんたんなところなんだ」

〈ほかの世界のことを知りたい〉というぼくの渇きに、一滴だけ、ぽとんと知識が落とされた。もっと知りたい。もっと話して。

でも、いまはそれより、ばあちゃんのことだ。

「どんな人だった？」

父さんは、くすりと笑った。

「たぶん、おまえが思っているのとは、ちがう。勝ち気でわがままな人を想像しているんだろう。でも、その反対だった。優しくて、おっとりしていて、気の弱い。わたしがだれだかわかると、『ごめんなさい』と泣き出した。『うらんでいるわけじゃない。理由を聞かせてほしいだけだ』といっても、『わたしが弱い人間だったせいなの。ほんとうに、ごめんなさい』と、あやまってばかりいた。『そんなことは、もう、どうでもいい。ただ、会いたいからここに来たんだ』といったら、やっと笑ってくれた」

「なんだか、めんどくさそうな人だね」

「そんなことはない。ほんとうに、いい人なんだ。会えば、おまえもきっと、好きになる。わたしは、彼女を好きになったし、この人の息子でよかったと思った。そう思えただけでも、〈シンセ界〉に行ったかいがあったよ。母さんには、新しい家庭があったが、父さんを――おまえのじいちゃんを、忘れたことはないと、あとでこっそり教えてくれた。でも、ずっとひとりで生きていくことはできなかったと」

「だったら、父さんたちをおいて帰ったりしなきゃよかったんだ」

ぼくは本気で腹を立てていたのに、父さんは、楽しかったことを思い出すときの顔でほほえんだ。

「あの人の再婚相手も、その子どもたちも、いい人で、『この世界に慣れるまで、いっしょに暮らそう』と、わたしを受け入れて、いろいろと世話を焼いてくれた。わたしは、仕事を見つけ、一年ほどでその家を出て、ひとりで暮らしはじめた。友達や……親しい人もできた。けれども、わたしはどうしても、あの世界になじむことができなかった。ことはくらべものにならないほど便利なところだから、日々の生活でこまることはなかった。仕事も順調にこなせていた。けれども、いつも息苦しかった。まるで、水の中にいるべき魚が、陸にあがってしまったみたいに」

図書館で見たじいちゃんの横顔を、ぼくは思い出していた。『人魚姫の涙』に、たしかそんな場面があった。

「わたしは、〈シンセ界〉から永遠に去る決意をしたが、自分のことを、〈カオア界〉でしか生きられない人間だと思いたくなかった。それで、五年目がきたとき、〈ジュイへイ界〉に移動した。〈シンセ界〉ほど文明が進んでいないところなら、だいじょうぶだと思ったんだ。しかし、結果は同じだった。それで、もう〈ツルバ界〉をのぞいてみたりはせずに、出発してから十年後に、ここにもどった。そういう経験をしたから、よくわかるようになったんだ。じいちゃんがいっていたとおり、人には、適応できる世界と、どんなにがんばってもそれが無理な世界がある。あの人が、子どもと夫をおいて、わたしたちの世界を去ったのも、しかたないことだったんだ」

「どうしてもここにいられなかったのなら、父さんをあっちの世界につれて行けばよかったじゃないか」

「四歳の子どもはまだ、生まれた世界をはなれることができない」

「なんだか変な話だね」

ぼくは、胸がむかむかしていた。

「どうして、子どもは、ほかの世界に行けないんだろう。どうして、五年に一度とかじゃなくて、もっと自由に出入りできないんだろう。どうして、世界はこんなふうに四つに分かれているんだろう」

父さんは、はあっと息を吐いた。

「いま聞いたことは、忘れてくれ。わたしが悪かった。そんなふうに考えてしまうから、物事はゆっくりと、順々に学んでいかなければならないのに、もっと後で知ったほうがいいことを話して、おまえを混乱させてしまったようだ」

「でも、世界がこんなふうに分かれてなんかいなかったら、だれも、不幸にならずにすんだんじゃない？」

「なあ、セージ。わたしは、実の母親と、同じ世界で生きられない。そのことを悲しく感じたことはある。けれども、世界が四つあることを、まちがっていると思ったことはない。四つの世界のしくみは、わたしたちにとって必要なものなんだ。おまえも、これから勉強していけば、きっとそう思うようになる」

そういうと父さんは、革ポケットから剪定ばさみを取り出した。

「じいちゃんも、そう思っているのかな。ぼく、見たことあるんだ。じいちゃんが図書館で、『人魚姫の涙』を読んでいるのを」

立ち上がりかけていた父さんの動きが止まった。それから、「さあ」といって腰をのばすと、剪定ばさみをまた空切りした。

「わたしが知っているのは、じいちゃんが、ずっとばあちゃんを大切に思っているということだけだ。大切な人に会えないのは、悲しいことだが、それを不幸と呼んでしまっていいのか、わたしにはわからない」

そこまでいうと父さんは、口は笑っているのに、目が泣いているみたいな、なさけない顔になった。

「ただ、陸にもどった王子は不幸でなくても、うんと年をとってから、人魚姫に、『死ぬ前にもう一度会いたい』といわれたら、また海に行ってしまうんじゃないだろうか」

ぼくは最初、父さんが何の話をしているのか、わからなかった。あのおとぎ話の後日談？　ううん。父さんは、じいちゃんのことを考えていたはず。

そのとき、ぼくは気づいた。じいちゃんは、あと半年で七十三歳になる。

そして、十八から五年ごとに世界の移動が許されるってことは、ほかの世界に行けるのは、十八の次が、二十三。その次は、二十八。それから、三十三、三十八……と、三と八のつく年ってことになる。つまりじいちゃんは、半年後、ほかの世界に行こうと思ったら、行けるんだ。

剪定ばさみを握りしめたまま動かない父さんは、『人魚姫の涙』を読んでいたじいちゃんと同じ、悲しみとか不安とかの感情をがまんしすぎて、こわばってしまったような顔をしていた。

だけど、父さんはいったい、何を心配しているんだろう。

だって、さっきたしか、ほかの世界にいる人と連絡をとることはできないみたいなことをいっていた。だから父さんは、十八になって〈シンセ界〉に行くまで、自分の母親がまだ生きているかどうかもわからなかったって。

だったら、じいちゃんの人魚姫――父さんの母さんが、「死ぬ前にもう一度会いたい」と思っても、それをじいちゃんに伝えることはできない。父さんは、じいちゃんが行ってしまうことを、心配する必要なんてないはずだ。

どうして父さんは、こんな顔をするんだろう。

頭の中に、小石が散らばっていた。もうちょっとでつながって形が浮かび上がりそうな小石が、ぱらぱらと。

花園家の人々　8　ハラン

やっと、トウヤさんをつかまえた。

文房具屋さんのうらの道を、ぶらぶらと歩いているのを見つけたんで、道ばたの木のおけのかげから、そっと手をふってトウヤさんをよんだ。

トウヤさんは、「なんだ、なんだ」と、大きな声を出しながらやってきた。

ぼくは、口の前にひとさしゆびを立てて、ないしょの話だってことをつたえた。トウヤさんは、にやにやしたまま、声を小さくしていった。

「いったいなんだよ」

「あのね、前に話してもらった、〈死に神〉のことなんだけど」

ぼくがひそひそ声でいうと、トウヤさんは首を横にかたむけた。

「おぼえてない？　顔色のわるい、知らない男の人が家にきて、そしたら家の人が、死んじゃう話」

「おまえに、そんな話をしたっけ。おぼえてないけど、わるかったな。夜、こわくておねしょをしてしまったんなら、あやまるよ」

「そうじゃなくて、教えてほしいんだ。顔色がわるくない〈死に神〉も、いるのかどうか」

「いや、いない」

トウヤさんは、きっぱりといった。

「〈死に神〉ってのは、死人よりも青い顔をしているんだ。それに、見ればすぐにそうとわかる、不吉な顔つきだ」

「そう」

ぼくは安心して、その場にへたりこみそうになった。

ぼくは、死んだ人の顔を見たことがない。だから、「死人よりも青い」っていうのが、どんな色か知らないけど、「見ればすぐにそうとわかる」のなら、スオウさんは〈死に神〉じゃないんだ。

ぼくは安心して、それから、はずかしくなった。きのう、スオウさんに、「あなたは、人間？」なんて質問をしちゃった。もしかしたら、すごくしつれいだったかな。

「どうして〈死に神〉のことなんかが、そんなに気になるんだ」

トウヤさんは、ごきげんな顔でにやにやしていた。

「ううん、なんでもない。もうひとつ、聞いてもいい？」

「てみじかにたのむよ。子ども相手に、より道したのがばれたら、兄ちゃんにおこられるから」

あんなにぶらぶら歩いてたんじゃ、より道してるのといっしょだから、どっちにしても、お兄さんにおこられるだろうにと思ったけど、ぼくはいそいでいった。

「『雨がくると、家族がへる』って、ほんと？」

トウヤさんの顔から、にやにやしたところがなくなった。

「だれが、そんなことをいったんだ？」

こまったな。これは、おとながまじめになったときの顔だ。こういうときには、きっと、どう答えてもおこられる。まさかトウヤさんまで、ふつうのおとなみたいになってしまうとは思わなかった。

「えーと、わかんない」

これじゃあ、答えになってないなと思ったけど、ほかにどういっていいのか、わからなかった。

でも、トウヤさんはやっぱり、ふつうのおとなとちがっていた。「どうしてわかんないんだ」とか、いじわるなことをいわずに、ぼくの頭に、大きな手をぽかんとおいた。たたかれたのか、なでられたのか、よくわからない感じの、らんぼうで、やさしいおきかただった。

「そんなのは、めいしんだ。忘れてしまえ」

おこられたりしなかったのはよかったけど、こんないいかたをされたんじゃ、かえって心配になってしまう。

「じゃあ、やっぱり、そういうめいしんは、あるんだね」

「いや、そういうわけじゃ……」

トウヤさんは、両手をポケットにつっこむと、少しのあいだだまっていた。それから、かがみこんで、ぼくをまっすぐ見ながら、さっきぼくがやったみたいに、ひとさしゆびを口の前に立てた。

「これからいうことは、だれにもないしょだぞ。おれから聞いたなんて、人にいっちゃ、ぜったいにだめだぞ」

ぼくは大きくうなずいた。

「雨は、遠くからの声をつたえてくれる。その声を聞きたい人間は、雨をまっている。聞きたくない人間は、雨をきらっている。そして、家族に遠くからの声なんか聞かせたくない人たちは、雨をおそれている」

ちっとも意味がわからなかった。

「遠くからの声って、山犬の遠ぼえみたいなの？」

「いいや。もっともっと、価値のあるものだ。ある種の人間にとって、何より聞きたいもの。何とひきかえにしても――この世界そのもの以外の何とひきかえにしても――聞きたいもの。たぶん無理だってことは、わかっている。聞いたからって、なにがどうなるわけでもない。でも、ほんとうだったら聞けないはずの声がとどけてもらえる。そんな奇跡が自分におこるかもしれない。そう思えることは、希望なんだ」

トウヤさんの説明は、けっきょくさっぱりわからなかった。だいたいトウヤさんは、とちゅうから、ぼくがそこにいることなんかわすれてしまって、近くにいる見えないだれかにむかって話しているみたいになっていた。おとなって、たまにそんなふうに、まわりを気にしなくなることがあって、こまってしまう。

でも、とにかく、あのお客さんが〈死に神〉じゃないってことは、たしかめられた。それに、パン屋のおばさんが心配していた「雨」とも、スオウさんはかんけいなさそうだ。だって、スオウさんは、うちにきて四日になるけど、ふつうにはたらいているだけで、自分以外の声でしゃべったり、なにかをとどけたりはしていない。

ほっとして、ふわふわした気分で、うちへの道を歩いた。「よかったあ」と、心の中でなんどもつぶやきながら。

スオウさんが〈死に神〉じゃなくて、ほんとうによかった。ぼくだって、ちがうんじゃないかなあと、あの人がうちにきた次の日くらいからは、思ってたんだ。だって、ぜんぜんいやなところがない、やさしそうな人だもの。

でも、一度、〈死に神〉かもしれないと思ってしまったら、どうしても気になって、心配だったんだ。

しまったなあ。スオウさんが、〈死に神〉とかじゃないのなら、早く仲よくなっておけばよかった。そうしたら、仕事のないときに、遊んでくれたかもしれないのに。

そのとき、うしろのほうから、ぼくをよぶ声がした。

レントとソウマだった。

これからソウマの家に行って、いっしょに遊ぶんだって。

「いいなあ」っていったら、ぼくのこともさそってくれた。

それなら三人でボール遊びをしようってことになって、ソウマの家によって、ボールをとってきて、ぼくんちで遊ぶことになった。

心配ごとがなくなったとたん、こういう話になるなんて、きょうはついてるなと思った。ソウマは、いつもいばっているし、いじわるなところもあるけど、いっしょにボール遊びをすると楽しいんだ。

ぼくたちは、家までの道でも、おいかけっこをしたり、じょうだんをいったりして、いっぱい笑った。


うちからちょっとはなれたところに、兄ちゃんや姉ちゃんが「ボール広場」とよんでる場所がある。でもぼくは、そこでボール遊びをするのが好きじゃない。だって、家にすぐもどれないから、のどがかわいたなってときにめんどくさいし、大きな木にぐるりとかこまれているから、さびしい感じがする。

それに、いまでもやっぱり、スオウさんのことが気になっていたから、できるだけ、うちの近くにいたかった。あの人が、どうしているか知りたいし、近くで遊んでいたら、ボールをひろってもらったりして、仲よくなれるかもしれない。

納屋の横にも、ボール遊びができるくらいの場所はあるんで、そこで遊ぼうというと、ソウマもレントもさんせいした。

兄ちゃんか姉ちゃんに見られたら、もんくをいわれるかもと、ちょっと心配だったけど、きょうはソウマがいっしょだから、ソウマがいいかえしてくれるだろう。

夢中になって遊んだのは、ひさしぶりだった。ここのところ、心配ばっかりしてたから。

ソウマもレントも楽しそうで、それはいいんだけど、ソウマは、熱中すると、ボールの投げかたがらんぼうになる。

ソウマの投げたボールが、へんな方向にいって、納屋にあたった。ぐわーんと、大きな音がした。

「だめだよ、納屋にあてちゃ」

注意すると、ソウマはおこって、ぼくにボールをぶつけようとした。ぼくが走ってにげると、ソウマの投げたボールは、ころころところがって、納屋の中にはいってしまった。

ソウマがとりにいこうとしたとき、おとなの話し声が聞こえてきた。父さんたちが、畑から帰ってきたんだ。

「ソウマ、だめだよ。納屋には、子どもだけではいっちゃ、いけないんだよ」

父さんたちに見られたらこまると思って、いそいでいったけど、やめておけばよかった。ソウマは、だめっていわれると、むきになって、よけいそのことをやっちゃうんだ。

さっきも、それでおこらせたばっかりだったのに、ぼくのばか。

ソウマは、ぼくの注意をきくと、せなかをそらしたいばった歩きかたになって、ずんずんと納屋にはいってしまった。

父さんたちに気づかれないうちに、出てきてくれるといいなと思いながら、ぼくは納屋の入り口と、畑からの道とを、かわりばんこに見つめていた。

父さんが、見えるところまでやってきた。ぼくとレントに気がついて、片手をあげて、あいさつした。そのとき、納屋からものすごい音がした。

ソウマったら、中で、ボールをかべにぶつけたんだ。

ぼくは思わず両手で耳をふさいだ。父さんのほうをそっと見ると、さっきまでのにこにこ顔じゃなくなっていた。

どうしよう。父さんが、大またになって、こっちのほうにやってくる。

そのとき、また納屋から音がした。さっきよりも大きくて、しかも、ボールがかべにぶつかった音のあとに、もっとすごい別の音がつづいた。音っていうより、足の下の地面がふるえたかと思うくらいの、大きなひびき。

父さんは、びっくりしたように立ち止まったあと、納屋にむかって走りだした。それを見て、ぼくも走った。レントもあとからついてきた。

納屋の中は、めちゃくちゃになっていた。壁にあながあいている。たぶん、そのあなのところにあった棚が、こわれて落ちたんだ。

床には、いろんなものがぐちゃぐちゃにつみかさなった山ができていた。その下から、ソウマの足がつき出ていた。

父さんは、山のそばにひざをついて、物をどかしていた。ぼくたちがのぞいているのに気がつくと、どなった。

「おまえたちは、あっちに行ってろ」

ぼくたちのうしろにいたじいちゃんが、ぼくとレントの肩をおして、納屋から少しはなれた場所までつれていった。でも、納屋の入り口をはなれる前に、ぼくは見た。ソウマの足より上のほうには、たくさんの血がとびちっていた。

ぼくは、自分でも気づかないうちに、レントとだきあっていた。レントはふるえていた。たぶん、ぼくも。

「たぶん」っていうのは、よくおぼえていないからだ。ぼくはただ、そこにいるだけで、せいいっぱいだったんだ。自分が何を感じているかもよくわからないまま、まわりでおこることを、見ていることしかできなかったんだ。

父さんが、納屋からとびだしてきて、家にむかって走った。かわりに、じいちゃんとスオウさんが納屋にはいった。

ぼくたちは、そっとまた、納屋の入り口に近づいた。じいちゃんが、自分のシャツをぬいで、ソウマの上にあてたり、しばったりしていた。スオウさんは、それを手伝っていた。じいちゃんの白いシャツは、すぐに赤くぬれていった。

うちの玄関がばーんとらんぼうに開く音がして、そっちを見ると、父さんが、小さなつつみたいなものをもって、玄関ポーチの階段をかけおりて、さっきまでぼくたちがボール遊びをしていたあたりにおいた。マッチをすって、その中に入れて、あわててそばをはなれた。

少しして、ドンというすごい音がした。聞いたことがないくらいの音で、ぼくは、また納屋がこわれるんじゃないかとこわくなったけど、音だけで、なにもおこらなかった。

街道のほうから、セージ兄ちゃんが走ってきた。

「いまの音、なに？」

走りながら、さけんでいる。父さんが、さけびかえした。

「セージ。できるだけいそいで、イナさんの家に行け。行って、うちで子どもが大けがをして死にそうだと伝えてくれ」

兄ちゃんは、道のとちゅうで立ち止まった。

「イナさんち？　子どもがけがをしたって、いえばいいの？」

「『死にそうだ』というのを忘れるな。いちおう、合図は出したが、聞こえていないといけないから、村役場に馬を走らせてくれと、たのむんだ」

兄ちゃんは、うなずくと、せなかを向けて走りだした。イナさんちは、うちから走って十分くらいのところにあって、うちではかっていない馬をかっている。

「エンレイ、あったわ。二、三年前に、床下から道具入れにうつしておいたんで、すぐ取り出せた」

母さんが、家から出てきた。手に、長い竹のぼうをもっている。ぼうの上のほうから、赤い布がぺろんとたれていた。あれは、はただ。あんなものがうちにあるなんて、知らなかった。

父さんが納屋に入った。少しして、ソウマを両手でしっかりとだいて、出てきた。ソウマは、手も足もだらんとしていて、まるで、もう死んでしまっているみたいだった。

父さんのあとから、じいちゃんとスオウさんも出てきた。ぼくは、いつもより青白くなったスオウさんの顔を見て、思った。やっぱりこの人は、〈死に神〉だったんじゃないかって。

それとも、ぼくのせいかもしれない。ぼくが、だれかが死ぬことばかりを考えていたから、目に見えない〈死に神〉をよびよせてしまったのかも。

「牧草地の、草を刈ったばかりのところ。あそこにしよう」

父さんの声がした。ぼくがよびよせたかもしれない〈死に神〉を、追いはらってくれそうな、力づよい声だった。

(ソウマは死なない)

ぼくは、心の中でさけんだ。

(ソウマは死なない。ぜったい、助かる)

ぼくがしっかりとそう思いつづけていたら、それはほんとうのことになる気がして、心の中で、何度もとなえた。

父さんは、ソウマをゆらさないように気をつけながら、でも、いつもよりずっとはや足で、牧草地のほうにむかった。母さんは、はたをもったまま、父さんより先を走っていった。じいちゃんとスオウさんは、父さんのすぐ横を歩いていく。ぼくとレントも、そのあとについていった。

牧草地の、草がなくなっているところのまんなかあたりに、母さんがはたを立てていた。

父さんは、母さんのところまでいかずに、牧草地のはしっこにソウマをおいた。ソウマが少し動いたんで、まだ生きているってわかった。

ぼくたちは、ソウマの近くにいった。じいちゃんが、ソウマにまいたシャツをむすびなおしていた。母さんも、はたをそのままにして、ぼくたちのところにやってきた。

うなずいた。
「あれでいい？」
母さんが、はたをゆびさしながら、小さな声で父さんに聞いた。父さんは、だまって
うなずいた。
「あの……、おじさん」
レントがなにかいいかけたけど、父さんは、「しっ」といって、口の前にひとさしゆ
びを立てた。
それからは、だれも、なにもいわなかった。ぼくとレントもだまったまま、ときどき
ぴくっと動くソウマを見つめていた。
どれくらい、そうしていただろう。ものすごく長い時間だった気がするけど、そんな
はずない。イナさんちにいった兄ちゃんが、まだもどってきていなかったから、たぶん
十分とか、それくらい。
スオウさんが、ぱっと顔をうごかして、空を見上げた。そのままどこかを、じっと見
つめている。
父さんや、母さんや、じいちゃんも、顔を上げた。でも、スオウさんとちがって、き
ょろきょろしている。そのうち、父さんが、空の高いところをゆびさした。
「いた。あそこだ。合図は、ちゃんと伝わっていたんだ」
そこには、よく見ると、黒っぽい点があった。点はゆっくりと動いていた。
鳥かなと思ったけど、動きかたは虫ににていた。虫がとぶときの、ぶーんというような

りのような音もきこえる。

　点はどんどん大きくなっていった。いっしょに音も大きくなった。まだずいぶん遠いところにいるのに、こんなに大きな音、虫なんかのはずはない。

「もしかして」

　レントがつぶやいた。

「もしかして」

　ぼくもつぶやいた。

　そいつは、下のほうが丸いようなかたちだってことがわかるくらいまで近づいた。でも、上のほうがどんなかたちなのかは、じっと見ていてもわからない。そんなふしぎなものって、この世にあるとは思えない。

　それに、遠くにあるときには黒く見えたのに、下のかたちがわかるくらい近づいてみると、白い色をしていた。

「〈救いの天使〉だ」

　レントがさけんだ。でもその声は、レントの手をぎゅっとにぎって、すぐ近くに立っているぼくにも、ちょっとしか聞こえなかった。それくらい、まわりの音はものすごかった。風がばしばしふきつけていて、かみのけとか服は、前がわが、顔やからだにぴったりはりついて、うしろがわはきつくひっぱられながらゆれていた。おしよせてくる空気のせいで、息をするのが苦しかった。

まちがいない、〈救いの天使〉だと、ぼくも思った。

だって、紙芝居屋のおじさんは、何回もいっていた。〈救いの天使〉は「この世のものではない」って。牧草地のま上まできた、白くて大きなものは、ほんとうに、「この世のもの」とは思えなかった。

音のうるささは、むかむかしてはきけがしそうなほどだし、風はほんとうに強くて、刈りとってまだ集めてなかった草が、ぐるぐるまわりながら飛んでいた。

嵐のときには、もっと強い風がふくこともあるけれど、嵐の風が、ふとい木のぼうでなぐってくるような感じだとしたら、〈救いの天使〉のまわりの風は、よく切れる斧《おの》を、ふりまわしているみたいだった。それも、休みがなくて、ずっと同じようにふいてくる。こんなへんな風、はじめてだ。

〈救いの天使〉は、ぼくたちの上のあたりにきてからも、「この世のものではない」動きをした。鳥や虫みたいにぐるぐる回ったりせずに、ゆっくり、まっすぐ、おりてきたんだ。

こわかったけど、ぼくもレントも逃げ出したりしなかった。父さんと母さんが、すごい風から守るみたいに、ぼくたちを、右と左からだきしめた。じいちゃんとスオウさんは、ソウマを守っていた。

〈わたし〉の旅　終演

フクジュの応急処置の手際はみごとだった。わたしが手伝う余地がほとんどないほど、てきぱきと止血をすすめ、その場でできることをすぐにしおえた。

事故は、納屋の棚が壁ごと崩壊しておこったようだった。落ちてきたさまざまな道具のなかに刃物もあったらしく、子どものからだには、打撲傷以外に、深い切り傷がいくつもあった。そのうちのひとつから、ぴゅーぴゅーと、間欠泉のように血が噴き出ていた。フクジュはそこをいちばんに止血した。

子どもは自発呼吸をしていたが、意識はなかった。右腕がひどく骨折していて、折れた骨の先端が、皮膚をやぶって露出していた。そこもフクジュとわたしで応急的に手当てをしたが、動脈からの出血といい、早く本格的な医療をうけさせないと、命が危ない。

フクジュにそう告げようとしたとき、花火を間近で打ち上げたような、ドオンという大音響がとどろいた。つづいて、エンレイが息子に、助けをよぶための指示を与える声。

わたしが口を出すまでもなかった。ここの人たちは、何をどうすればいいかよく知っている。だいじょうぶだ。手遅れにならないうちに、救急医療チームを乗せたヘリコプターは到着するだろう。

ヘリの降下場所も、エンレイたちが選んだ。子どもを近くまで運び、目印を立てて待機した。

気がつけば、ハランとその友達が、おびえた顔で、わたしたちのうしろに立っていた。こんな小さな子どもに、これからおこることを見せるべきではないと思ったが、自分たちの友人の危機だ。無理に家の中に押しこめても、こっそり出てきてしまうかもしれない。それくらいなら、かくしごとなど何もないふうにふるまって、彼らをそばに置き、動静を見守っていたほうがいい。

エンレイらもそう思ったのだろう。子どもたちを追い払おうとはしなかった。

まもなく、空の彼方にヘリが現れた。わたしのとなりでフクジュが、安堵の吐息をもらすのが聞こえた。

子どもたちに目をやると、硬直した顔で目を丸くしている。無理もない。彼らにとっては、世界の殻を破る物体の出現だ。

しかし、その驚きが、自我をゆるがしてしまうなどの悪影響を与えることはないはずだ。万一のときにもそうならないよう、紙芝居やおとぎ話をとおして、受け入れる素地をつくる措置がとられている。

そうした細心の注意のもとに、世界は四つに分割されている。

世界から世界へと人間が移動できるのは、十八歳以降の五年に一度だけ。このルールは、厳格に運用されていて、いっさいの例外はみとめられない。

ただし、世界間の移動が最初から任務に含まれている職業がある。

医療チーム。警察。そして、わたしたちだ。

この三つの機能だけは、世界を分けるという仕組みを成り立たせるために、横断的にはたらかせることが必要だったのだ。

たとえば、医療チーム。

ハランの友人が重体となったこの事故は、〈真世界〉や〈ジュイヘイ界〉では、まずおこらない。建築規制がしっかりしているため、子どものいたずらくらいでくずれる建物はありえないし、刃物などの危険物は、関係者以外が触れることのないよう管理されているからだ。

けれども、〈カオア界〉の文化に、そうした規制や管理はなじまない。そのため、この子どもたちは、他の世界よりも多くの危険にさらされている。

文化をないがしろにしては、世界を分ける意味がない。かといって、文化のために命を犠牲にはできない。

このジレンマを解消するために、救急医療はすべての世界において、〈真世界〉の水準でほどこされることになったのだ。医療チームは、現地の人間との接触をできるだけ避けながら、どこの世界にもおもむいて、命の危機にある人たちを最新の医療技術で救っている。

ヘリコプターは、ハランの友人を収容すると、西の空へと去っていった。わたしが今回この世界に到着したときに使用した基地に行くのだろう。あそこには、設備の整った集中治療室がある。あの子はそこで危険のない状態まで治癒したあと、ここの世界観と衝突しないなんらかの説明を受けて、家に帰されることだろう。

ヘリコプターが黒い点のようにしか見えなくなったころ、セージがもどってきた。

「イナさん、村に行かなかったよ。馬を出そうとしていたときに、あれがくるのが見えたから」

セージはあごをしゃくって、空中の黒い点をさした。

「うん。念のために走ってもらったが、だいじょうぶだった。よくがんばってくれたな」

エンレイが、ねぎらうようにセージの背中に手をおいた。

それからわたしたちは家にもどり、ミスミのいれてくれたお茶を飲んだ。小さな子どもたちには、ホットミルクが出されていた。

子どもたちの顔に血色がもどってきた。気分もかなり落ち着いたようだ。それでも、幼い子どもは事故の生々しい現場から、早くはなしたほうがいい。

エンレイにいわれて、セージがハランの友だちを送っていくことになった。ハランもそれについていった。

空は雲ひとつない秋晴れだ。のんびり話でもしながら緑のあふれる道を歩いていけば、ひどい事故を目の当たりにした衝撃は、うすらいでいくだろう。向こうの家でも、事情を知れば、また温かい飲み物などがふるまわれるのではないだろうか。

子どもたちが出かけたあと、男三人で納屋を片づけ、ぐらぐらしているところを補強した。

「今日のところはこれくらいにして、本格的な修繕は、明日にしましょう」

三十分ほど作業したところで、エンレイが言った。

残念だなと、わたしは思った。エンレイとフクジュとの大工仕事は、楽しい時間になっただろうに。

さっき、子どもの応急処置をするフクジュを、わたしはいくぶん手伝った。ごくわずかな手助けだったが、わたしは彼が、いつ、どんな手出しを欲しているか、感じとることができた。すなわち、最初の苦手意識を克服して、息の合った作業ができた。

そのフクジュと、好人物で段取り上手のエンレイと、古い納屋を新品同様に生まれ変わらせる。想像するだけでわくわくする仕事だ。

しかし、そう感じるということは、ここを去るべき時がきたということだ。

「すみませんが、わたしはもう、お手伝いできません」

エンレイが、はっとして、わたしを見た。

「今日のうちにおいとまします。でも、その前に……」

わたしはそこで、視線の先を、エンレイからフクジュに移した。

「わたしの踊りを見ていただけないでしょうか」

フクジュは仏頂面をしていた。しかし、不平や不満、わたしに対する悪意があるわけではない。心の中に葛藤があるとき、彼はこんな顔になるのだ。

わたしはもう、それがわかるほどに、フクジュという人間を理解していた。

「どこで？」

ぶっきらぼうに、フクジュが尋ねた。

どこで？

それは考えていなかった。いや、どんな踊りを踊るのか、そこに歌をつけるのかどうかも。

ここから先は、頭を使わず、からだが命じるままに動くべきで、わたしは自分の心を、すでにそのように切り替えていた。

どこで？

この場所は殺風景すぎる。では、どこがいいのか。

脳裏に、ポプラの幹から頭をのぞかせるふたりの子どもの姿がうかんだ。あの場所でナズナは、十一歳の女の子特有の感性と賢さで、フクジュという人間を描いてみせた。

「こちらへ」

わたしは、朝のストレッチを何度かしたあの場所に向かって歩きだした。

「わたしと妻も、いっしょに見ていいでしょうか」

エンレイの声が追いかけてきた。

わたしは、足をとめて振り返り、笑顔で一礼した。エンレイが、ミスミを呼ぶために家へと走った。

歩きながら、世界について考えた。世界の分断と、わたしたちの役割について。あらためてそこに思いをやることで、自分の中の緊張を、あるべきところにまで高めようとしたのだと思う。

世界を分けるということを、どの国が始めたのか、定かに言うことはできない。構想、試行、本格導入、現在の形の確立をなしとげた国が、それぞれちがうからだ。けれども、多くの国で同時期にこうしたことが始まって、やがてはほぼ同じ形に落ち着いたのだから、人類の歴史にとって必然の流れだったということなのだろう。

こうなった原因のひとつは、進歩の加速化だといわれている。

人類の歴史は進歩の歴史でもあるのだが、古い時代には、新しい発見や発明はしばらくのあいだ、ひとつの地方や特権階級だけがその成果を享受し、広く普及するのにかなりの時間がかかっていた。その制約を、民主化と、自由経済の伸展と、情報革命がとりはらった。物事の伝達に、地球規模で垣根がなくなっていったのだ。

大きな発明だけでなく、小さな工夫までも、すぐに商品やサービスとして地球のすみずみにまで提供されるようになった。ささいな発見や、改善の手法そのものも、時をおかずに人類の共通知となった。それにより、次の知見が得られるスピードも格段に増した。人々の暮らしは、どんどん便利になっていった。

しかし、それによって人間は、幸福になっているのだろうか。

そうした疑問は、いつの時代にも繰り返される哲学者のつぶやきとして聞き流された。過去を懐かしんで、「あのころはよかった。あの時代のほうが、人間が人間らしく生きられた」と嘆息する人、ある種の発明品を拒否して不便な暮らしをつづける人の存在も、昔からありがちな、個性的な生き方として片づけられた。

けれども、やがて誰かが気がついた。社会でおこる大小のきしみや個人の精神の変調の底に、世の中の進歩の速さがあることに。

進歩とは変化だ。身のまわりの機器が便利になれば、生活の手順が変わる。商品やサービスが進化すれば、仕事のやり方や職務に必要とされる能力も変わる。情報の伝達手段が変化すれば、人とのコミュニケーションの方法も、その質も変わってくる。

人は、つねにその変化についていかなければならない。新しいやり方を覚え、新たな環境に順応していかなければならない。

これでは、便利になった生活を楽しむ暇《いとま》がないではないか。「安定」の時期がなく、つねに坂道を登らされている。そのうえ、未来が見えない。予測がつかない。息をつくひまがない。いつも成長と競争をしていなければならない。

極論すれば、それが「生きる」ということなのかもしれない。人間にかぎらず、動物も植物も、生きているものはすべて、変化や競争をつづける宿命《さだめ》にあるのかもしれない。

しかし、人類についていえば、変化のスピードが速すぎる段階に至ったのではと、不安を感じる人が増えていった。

だからといって、進歩を止めることも、スピードをゆるめることもできなかった。それは、人間の本性に反する。

そこで、人類全体の歩みはそのままに、「安定」を求める人たちの避難場所をつくるという発想が生まれた。

最初は、テーマパークのようなものだったという。多くの人たちが「あのころはよかった」と懐かしむ時代を再現し、そこで休暇を過ごしてもらうというものだ。

リゾート施設としては成功したが、「こんな短期間の滞在では、〈安定〉できない。もっと長期に、もっと本物の社会生活として、〈過去の再現〉はできないか」という声が続出した。

それを実行しようとした国があった。その試みは、「進歩に背を向けた情けない姿勢だ」「活力の衰えた、滅びに向かう文明の姿だ」と、国内外から批判された。

ところが、多くの人が――この試みの企画者たちでさえ――予想できなかったほどの成果がもたらされた。「過去の再現」を、本物の社会のように徹底しておこない、滞在を長期化することで、さまざまな問題が解決していったのだ。

まず、自殺者が減った。精神に変調をきたす人も少なくなった。さらに、失業者が劇的に減少した。これは、過去を再現した世界で、生産性の低い仕事につく人間が増えたからだ。

エネルギー問題も、好転のきざしをみせはじめた。このシステムがもっと多くの地域に広がれば、地球環境問題も解決されるだろうと予測され、その予測の正しかったことが、後日、証明された。

大きな成果を見せつけられた他の国々が、競うように追随し、同様の成果と相乗効果をおさめていったのだ。

こうして始まった、世界を分割するシステムは、多くの国がさまざまに試行するなかで、最適なやり方が見いだされていった。そうして世界中でいまの形が定着したのは、フクジュが生まれたころのことになる。

時代設定は、次の四つ。

機械化がおこなわれる以前の〈カオア界〉。

テレビ放送が始まる前の〈ツルバ界〉。

インターネットの普及、すなわち「情報革命」以前の〈ジュイヘイ界〉。

人類の進歩のありのままの姿を保つ〈真世界〉。

国内をこの四つの世界に分断し、その境界を厳しく保ち、それぞれの世界に持ち込んではいけないもの、存在してはならないものを、詳細に定めて厳守する。

人々は自分の住む世界を自由に選べるが、その権利を行使できるのは五年に一度のみとする。

この措置により、システムの効果は最大となった。

五年ならば、フクジュやエンレイのように、ある世界への不適応が生理的な苦痛になる人間も、なんとか持ちこたえられる。また、「自由」も「便利さ」と同じく、人間が求めつづけながら、手に入りすぎるともてあましてしまうものだから、この程度の制限がかかることは、かえって自由を行使する喜びを向上させ、多くの人が、「自分の人生は自分で選んだものだ」と感じることができるようになったのだ。


問題は、子どもたちだった。

子どもには、いつから移動の自由を与えるべきか。未成年のあいだは、親とともに移動させるのか。その場合、環境の激変は子どもの成長に悪影響を与えないか。世界が四つあることを、いつから子どもに教えるべきか。

児童心理学や発達心理学、脳科学や社会学や精神医学の知識が総動員され、考察と試行の結果、ある程度の発育段階（すなわち十五歳）までは、ただひとつの価値観のもとにおくべきだとの結論が出た。移動はもちろん、他の世界の情報に触れることも、禁止すべきだと。

ほかの世界があることを、すべてのおとなが知っているのに、子どもへの秘密が保てるのかと心配する声もあがったが、案ずることはなかった。完全な秘密は保てなくても、世界の仕組みが正式に表明されるのでなければ、子どもの安定した発育をおびやかすことにはならなかったのだ。

　また、初期には、「子どもの成育環境として、〈カオア界〉がもっともいい。すべての子どもは〈カオア界〉で育てるべきだ」と唱える人が多くいた。しかし、それでは他の世界がおとなばかりの不自然な社会になってしまううえ、子育てする親たちまで〈カオア界〉にしばられることになる。

　障害が大きすぎて、この意見は採用されないまま四つの世界の仕組みは運用されていったが、こちらも案ずる必要はなかった。結果として、どこの世界でも、おとなと社会の精神が安定していて、教育のシステムが合理的なら、子どもたちは問題なく発育することが判明したのだ。

「十五歳まで〈カオア界〉のことしか知らなかった子どもが、たった三年の勉強で、〈真世界〉で暮らせるほどの知識を身に付けることができるのか」という懸念も、すぐに払拭された。〈カオア界〉しか知らない子どもが不自然に思わない範囲の基礎知識でも、きちんと身につけさせれば、その上に短期間で応用の知識が築けると証明されたのだ。

　四つの世界のどこでも通用する、合理性や論理力をはぐくむ教育プログラムが作成され、そのレベルはいまも日々進化している。

教育プログラムだけでなく、法律も、四つの世界で共通している。

すなわち、〈ジュイヘイ界〉も〈ツルバ界〉も〈カオア界〉も、それがモデルとした過去の世界とは、大きく異なっている。

過去の時代のあり様をそのまま再現すべきだという主張も、ないではなかった。しかしその過去は、調べてみれば、現代人には耐えがたい（そして、当時の人たちも、もしも別の時代に逃げる方法があったなら大挙してそうしていただろう）短所や欠陥がいくらもあった。

時代をさかのぼるほどに、暴力や犯罪は日常的におこなわれていたし、男女差別や、折檻《せっかん》という名の子どもへの暴力も、ときに相手を殺してしまうほどのものがあった。

飢饉や感染症のために、「この世の地獄」と称されるような、人口の激減する事態が何度もおこった。人身売買や、幼い子どもの強制労働もあった。豊作の年でさえ、じゅうぶんな栄養のとれない者、とれてもそのバランスが大きくかたよっている者がたくさんいて、病気の予防の知識もじゅうぶんでなく、平均寿命は短かった。日常生活や、各種の仕事において、伝統だからという理由でからだを無意味にいじめるやり方もとられていた。心身に害を及ぼす生活習慣もいくつもあった。

そういう不合理なマイナス要素は、すべて排除されることになった。

だから、水力以外の動力機械が存在しない〈カオア界〉でも、〈真世界〉と同じ水準で、栄養学や心理学、人間工学の知識が活用されており、エンレイらの農作業も、からだを酷使するものにはなっていない。

ポプラの木に取り囲まれている、あの場所に着いた。

やはり、ここはいい。

風通しがよく、家や畑のほうからそよいでくる人の営みの気配と、森からの自然の息吹が、仲良く混ざりあっている。

ポプラの根元に落ちる短い影が、中央の開けた場所を、点々とふちどっていた。

区切られているが、閉ざされてはいない、舞台として理想的な空間だ。

この時間、森は午睡《ひるね》でもしているように静かで、耳をすませても、かすかに風の音が聞こえるだけだった。

一本のポプラの近くに、切り株と、三十センチほどの高さの岩があった。フクジュと、途中でわたしたちに追いついたエンレイとミスミに、そこにすわってもらった。

それからわたしは、開けた空間の真ん中に立って、目を閉じた。

ゆっくりと呼吸をしながら、意識を一点に集中させる。わたしの胸の中のあたたかい思い出。ふた組の真剣なまなざしに。

同時にそれは、空の高いところから下りてきて、わたしをあやつろうとする糸だった。

わたしは目を開いた。糸の――任務の命じるままに、からだを動かす準備はできていた。

　世界を四つに分断する仕組みがつくられ、順調にまわりはじめて、最後に残ったのが、他の世界とのコミュニケーションの問題だった。

　ちがう世界にいる者どうしは、連絡をとりあっていいものか。いいとしたら、どのように、どんな頻度で。

　コミュニケーションツールのちがいは、世界を分ける基準のひとつでもあったから、この判断は慎重におこなわなければならなかった。

　最初は、文明段階の下位の世界の方式に合わせるというやり方がとられた。〈カオア界〉相手には手書きの封書を送り、〈真世界〉や〈ジュイヘイ界〉から〈ツルバ界〉へは、音声のみの電話をかけていい、というように。

　しかし、世界と世界の分断は厳密であるほどいいことが、すでにわかりかけていた。手紙や電話には、どうしても、ほかの世界の情報が含まれる。そういうものが無制限に行き来すると、世界の境界がゆらいでしまう。

　そこで、社会的な実験として、いっさいの交信が停止された。

　あとからみれば、この措置が、四つの世界のシステムを完成させる最後の一ピースだったといわれている。

　個人間の交信ができなくなったことで、〈世界〉はそれぞれに独立し、ほんものの

「世界」になった。

ひとつの世界を去ってほかに移ることの意味は大きくなり、人々の判断は慎重さを増した。そして、熟慮と一大決心のうえで移住したとき、古い世界からの解放感と新しい世界で生きることへの意欲が、よりいっそう、もたらされた。

社会的な実験は恒久的な措置となり、世界をまたいで個人が連絡を取りあうことは、一切できなくなった。

いまでは、他の世界の情報を閲覧できる場所は、十五歳以上の子どもが通う学校内に設けられた「資料室」だけだ。しかも、そこへの立ち入りは、五年に一度の移動の権利が与えられる直近の半年間のみという制限がある。

そして、「資料室」にも、個人についての情報はない。「三年前に〈ツルバ界〉に行ってしまった弟は元気でいるだろうか」といったことは、調べられない。

「それは人情に反する。せめて、死亡したとか、結婚したとかの情報だけは、身内に伝えるべきではないか」という声が、当初から多くあがった。

だが、そうした事実を事務的に伝えるだけでも、さまざまな弊害をもたらした。

やはり、世界の境界は厳密でなければならないのだ。世界を移るということは、生まれなおすにも等しく、はなれてしまった世界は、純然たる思い出にすべきなのだ。ふたたび訪れる決断を下すまでは。

そう認識した各国は、事務的な通知であっても個人の消息は伝えあわないことを、あらためて取り決めた。

だからフクジュは、息子が十八になって〈真世界〉に行くと決めたとき、息子の会いたがっている母親が、まだ生きてその世界にいるかを知らなかった。元妻が、元気でいるが、再婚して、ふたりの子どもを産んだと知ったのは、それから十年後の、エンレイがこの家にもどってきたときのことだった。


わたしは、三人の観客に向かって、深くおじぎをした。頭を上げるときに、視界のすみで何かが動いた。

人影だ。右手の木のうしろから、ポニーテールがのぞいている。ナズナが学校から帰ってきたようだ。

あの子はまだ十一歳。本来なら、ここにいてはいけない。

追い払うべきだったが、わたしは気づかなかったことにした。

踊りが好きかと聞かれて、「うん、好き」と答えた瞳の輝き。あれを見てしまったからには、無下にはできない。モダンバレエも、能も、歌舞伎も、写真でさえも知らない少女に、これら三つの動きを取り入れたわたしの創作舞踏を見せてあげたい——いや、見てもらいたかった。

それに、わたしは彼女に、機会があれば踊りを見せると約束した。いまを逃せば、その機会はもう訪れない。この踊りをおえたらわたしは、ここを立ち去るのだから。

おそらく、四つの世界についての知識をもたないナズナに、わたしがこれから表現することの正確な意味は伝わらないだろう。規則を破ることにはならないはずだ。

わたしは右手を頭上に突き上げて、自分の指先を見つめた。大空からふりそそぐパワーと、足もとから立ち上るエネルギーが、わたしの中でひとつになるのを感じた。

あとは、からだの命じるままに。

手をひねりながら、足を前へとすべらすと、唇からは歌がわき出た。メロディは、この世界に着いたときに生まれたものだ。そこに、愛を言祝《ことほ》ぐことばがのる。

エンレイとミスミが、そっと手を握りあうのが見えた。フクジュは、これまでにないほどの仏頂面をしていた。


フクジュは十八歳で〈真世界〉に渡った。彼の知性はその世界になじみ、専門的な職にもついて、生活は順調だった。恋もした。けれども彼の感性は、どうしても〈真世界〉になじむことができなかった。

統計的には、平均して五パーセントほどの人間が、特定の世界に対して〈絶対的不適応〉をおこす。フクジュはこの五パーセントだったのだ。なんとか五年を耐えしのび、二十三歳になると、生まれ育った世界にもどった。そのとき、一歳年下の恋人カエデは、世界を移動できる一年後に彼を追いかけて〈カオア界〉に行くと約束し、この約束は守られた。

ふたりは結婚し、カエデは身ごもった。しかし、家族の幸せは長くつづかなかった。彼女も五パーセントの人間で、どうしても〈カオア界〉になじむことができなかったのだ。

五パーセントと五パーセントがこんなに深く愛しあう確率は、非常に低い。その希《まれ》な悲恋を、彼らは引き当てた。

フクジュの顔がこわばっているのは、わたしの踊りがこの先、彼の人生をなぞると予測しているからだろう。愛の喜びを大きく表したあとで、その愛を失った悲しみを表現するだろうと。

わたしは曲を転調させた。テンポはゆったりとしたままで、メロディは、エネルギーを解き放つときの——人が立ち上がって大きくのびをするときの、あるいは、植物が土の上に芽を出したり、つぼみを開かせたりするときの——朗々としたものから、子守り歌のような、心身を休息に誘《いざな》う、しっとりとした調子に変化した。

踊りも、外へと広がるおおらかな動きから、内へと向かうしめやかな動作に。

けれども、わたしの歌も踊りも、悲しみや苦しみは表現していなかった。指先の小さな動きまで、愛を知ったことの喜びと、その出会いへの感謝だけを示しつづけた。

フクジュの瞳に、とまどいの色が浮かんだ。

異なる世界に住む個人と個人が連絡をとる手段はもうけない。

この決定によって、四つの世界のシステムは完成し、すべてがうまく回っていった。人々はこのシステムの有用性をみとめ、変更を求める声はあがらなくなった。

それでも、祈りにも似た思いは残った。

「あの世界に、わたしは行くことができないが、あの世界にいるあの人に、どうしてもこのことを伝えたい」という切ない願い。心の叫び。

たとえば、いっしょにいるときに言うべきだったのに口にしそこねた、そのことを死ぬほど後悔している、「ありがとう」や「ごめんなさい」。

心配をかけた人や、気遣ってくれた恩人への、「病気が治りました」や「結婚しました」や「子どもが生まれました」といった報告。

さらに切実なのは、はなればなれになった恋人どうしが、やはりいっしょに暮らしたいと考え直し、しかも、ふたりの移動日が近い場合だ。たがいに、自分の決意を伝えられないまま世界を移動し、入れ違ってしまうという悲劇が生まれていた。

簡潔で事務的な伝達でさえ、世界のシステムを損なう危険な芽になることが、すでにわかっていたとはいえ、何か方法はないかと模索された。そして、さまざまな失敗の末に、ある突飛なアイデアが実を結んだ。

それは、事務的連絡とは対極にある、驚くほど手間のかかる方法だったが、そのやり方だけが、世界のシステムを害することなく、「どうしても伝えたい」という切ない願いに応えることができたのだ。

そうして、医療チーム、警察につづいて、世界を横断して任務を果たす第三の職業が生まれた。

正式名称が長いため、略称で〈アメ〉と呼ばれるわたしたちが。


わたしたちはまず、「伝えたい」というやむにやまれぬ思いを抱えていると認定された人のところに行く。そして、できれば相手の生活に入り込み、その人となりを知るようにつとめながら、時間をかけて話を聞く。

なぜなら、人は、伝えたくてたまらないことが何なのか、自分できちんとわかっていない場合が多いのだ。

「恨んでいると伝えてくれ」と言う相手から、じっくり話を聞き出してみれば、本音は「愛している」だったり、「元気でいてくれ」の背後にある本当の気持ちが「会いたい」だったり、その逆だったり。

今回の依頼主たちも、最初はある事実だけを伝えてくれと言っていたが、深く聞くうちに、「母からの謝罪の気持ちを伝えてほしい」に変わった。しかし、それもまだ表面的なものだった。

本物の伝言を相手の心ごと受け取ったと思えたら、わたしたちは別の世界に向けて出発する。今回のように、目的地が〈カオア界〉にあったりしたら、基地からの移動にまた、時間がかかる。

しかし、われわれが、「もったいぶっている」「よけいな手間をかけている」と非難されがちなのは、ここからだ（この非難以外にも、われわれがメッセージを運ぶことで、大事な人が他の世界に呼ばれて去ってしまうことをおそれる人たちもいて、〈アメ除け〉の呪《まじな》いまでつくられている。必要とされているわりに、嫌われることが多い仕事なのだ）。

われわれは、伝言を届ける相手のもとに到着しても、すぐには正体を明かさない。預かってきた心を届けるには、どういう形をとるのが最善なのかを、さぐらなければならないからだ。そのためには、伝言を受け取るとき以上に、相手のことを知る必要がある。

相手は、われわれがメッセンジャーかもしれないと見当をつけるが、確信がない。本当にメッセンジャーなのか、だとしたら、誰からの、どんなメッセージなのかと、さぐってきたり、フクジュのように防御の姿勢をとったりする。

そうした反応を見ながら、どんな人物なのかの理解をすすめた結果、メッセージを届ける形が見えたと感じたそのときに、われわれはアーティストとして行動する。

わたしたちは、採用されるとき、歌や踊り、詩作やひとり芝居、絵画を描くことなどの芸術分野について、素質と現有能力を審査され、採用後には、すべてが一流レベルになるまで訓練を受ける。その能力を駆使してわれわれは、時に歌い、時に踊り、時に詩を朗唱することで、預かってきたメッセージを相手の心に届けるのだ。

こんな方法がとられているのは、エンレイが暗に非難したように、伝言の外側を飾るためではない。これが、四つの世界のシステムを乱さずにすむ個人間の連絡方法として、現在まででわかっている唯一のものだからだ。

けれども、フクジュの前で踊るわたしにとって、そんなことは関係なかった。わたしはそのとき、〈アメ〉すなわち〈アーティスト・メッセンジャー〉として、芸術をとおしてメッセージそのものとなり、フクジュの心に訴えかけることにすべてを捧げていた。

やがて、わたしの動きは小さく、緩慢になり、最後に大地にくずおれた。デクレッシェンドの果てに、か細い吐息のようになっていた歌声も止まった。

どんなにか細くなってもフクジュの耳にはっきりと聞こえるように発声した歌は、すばらしい出会いのあった人生への感謝が、最後の歌詞《ことば》だった。

じゅうぶんな間をおいてから、立ち上がり、一礼した。

フクジュは涙を流していた。嗚咽《おえつ》をともなわない、静かな涙だった。ほほえんでさえいるようだった。だとしたら、初めて見る彼の笑顔だ。

どうやら、わたしの運んだメッセージは、伝わったようだ。

カエデが、別れてからも、ずっとフクジュを思っていたこと。彼と出会えた運命に感謝していたこと。そして、その感謝を胸に、自分の世界で生をまっとうし、息を引き取ったこと――。

カエデを看取《みと》ったふたりの子どもが、母親の生きざまから感じ取り、遠い世界にいるフクジュに伝えてほしいと託した気持ちを、わたしは彼に伝えおえた。

フクジュは立ち上がり、わたしに近寄り、右手を差し出した。わたしたちは握手をかわした。

ナズナに目をやると、隠れるのを忘れて、上気した顔をさらしていた。

わたしがほほえむと、反射的に視線から逃げようとしたが、すぐに思い直したように、まっすぐ見つめ返した。あの朝と同じ、強い眼をしていた。

だいじょうぶ。この子はきっと、どこの世界でもたくましく生きていける。そう思った。

わたしは四人に向かってもう一度、頭を下げると、この家族に背を向けて立ち去った。

セージとハランに会えないままなのはなごりおしいが、しかたがない。次のメッセージがわたしを待っている。早く基地に戻り、新しい依頼人のもとに行かなくては。


世界のシステムを完成させた最後の一ピースを、こうしてわたしたちは支えている。

この、おそろしく手間のかかるやり方に、疑問をもつ人も数々いるが、これに替わる方法が見いだされていないため、わたしたちの存在に反対する勢力は生まれていない。

けれども、もっと根元的な疑問も、人々のあいだにはひっそりと存在している。

世界を四つに分断するというシステムは、本当に、人類にとって良いものなのか。

たしかに、歴史上かつてないほど、社会に対する不満は少なく、多くの人が平穏に暮らしている。

だが、世界の枠をこえての、全体の仕組みを決める場に、民主主義ははたらいているのか。いつのまにか、一握りの人間がすべてをあやつっているのではないか。

一応は、〈真世界〉が統御の指揮をとることになっており、そこに移住すれば、だれでも意思決定に参加できるとされている。しかし、〈真世界〉はほんとうに、人類のありのままの姿なのか。それにしては、世界を分ける試みが始まったころから、科学がさほど進歩していない。

もしかしたら、〈真世界〉という名前に反して、ここでも何かが制限されているのではないか。すべてをあやつる人たちだけが住んでいる、本当の〈真の世界〉が、どこかにあるのではないか。人々は、世界の分断と移住という事象に注意をそらされ、だまされているのでは――。

このうわさの真偽を、わたしは知らない。

なかには、わたしたちにまで疑いの目を向けて、「世界の壁をまたいで、わかったようでよくわからない任務についている〈アーティスト・メッセンジャー〉こそ、すべてをあやつる陰の独裁者だ」などと言う人たちもいるらしいが、この疑いについては、はっきりと否定できる。わたしたちは、指示された場所にメッセージを受け取りにいき、渡すべき人に渡すべき形で渡すという任務を、こつこつと果たしているだけだ。

ただし、その指示を出しているのが、どこにある、どんな組織なのかを、実のところ、よく知らない。だから、あやしげな陰謀説も、すっかり笑い飛ばすことはできないのだが、それがなんだというのだろう。

フクジュに、カエデが死んだという事実だけが伝達されていたら、彼は悲しみにくれただろう。

彼女の感謝の言葉を伝えられても、額面どおりには受け取れず、共に暮らせなかった年月を恨むだけにおわっただろう。

カエデ自身が死の床で別れのメッセージを書いていたら、それは、彼女が彼らをおいて〈真世界〉に帰ったことへの謝罪となり、フクジュの人生に対する感情を苦く味付けする結果となっただろう。

カエデの訃報を、彼女の気持ち（それも、本人でなく、そのそばで成長したふたりの子どもが感じ取った、心の奥底の思い）とともに、感性に訴えかける形で伝えたからこそ、あのフクジュが、心の防御壁をとりはらって、すべてを受け入れ、自分の人生を肯定した。

そして、わたしの心は、それが感じ取れた瞬間の歓喜に、まだしびれている。

そうなのだ。世界の形がどうであろうと、文明や生活水準がどの段階にあろうと、人として味わえる最高の喜びは、他人の心と触れあえた瞬間にある。

特に、ふつうであれば関わり合いになるのを避けたかもしれない、相性の悪そうな相手にも、全身全霊でぶつかって、厚い壁の向こうの心に触れ、何かを分かち合えた――そう感じた瞬間にまさる幸せは、この世にないと、わたしたちは知っている。

だから、どこの世界にも根を下ろせない移動つづきの暮らしも、苦にならない。大多数が満足しているようにみえる今の世界のありさまが、見たままのものなのか、誰かの陰謀の結果なのかにも、正直に言うと興味がない。わたしはこの仕事を続けていければ、それでいいのだ。

通り雨のように、ひとつの家族のもとを行き過ぎて、わたしはまた、あの至福の時をめざして、旅に出る。

解説

大矢《おおや》 博子《ひろこ》（書評家）

本書は二〇一四年に刊行された『通り雨は〈世界〉をまたいで旅をする』を改題・文庫化したものである。

すでに『記憶の果ての旅』（『ぼくは〈眠りの町〉から旅に出た』を改題・角川文庫）をお読みの方には同じ話の繰り返しで恐縮だが、単行本の刊行時、この二冊は装丁といいタイトルといい、シリーズもののような造りで同時刊行されている。しかし物語につながりはなく、ジャンルもかたやファンタジー、こちらはSFだ。

なぜ別々の物語がまるでセットのように出されたのか――それを読み解くため、まずは『記憶の果ての旅』の解説で、なぜその作品がファンタジーでなくてはならなかったのかについて述べた。ということで今回はSFである。

物語は〈わたし〉の視点で始まる。〈わたし〉はどこか近未来を思わせるような場所から扉を通って、〈カオア界〉と呼ばれる場所へやってきた。どうやらそこは自然豊かでのどかな場所らしいが、〈わたし〉はその場所にあまり馴染《なじ》みがないようだ。

そして次の章では、ハランという少年の視点に移る。移動は徒歩か馬車、電気もガスも電話もない、中世のヨーロッパを思わせるような田舎が舞台だ。ある日ハランは、買い物に訪れたパン屋で、大人たちがこんな会話をしているのを聞いた。

「雨がくると、覚悟をしなけりゃいけない。家族がひとり、へることを」

意味がわからないなりに何か不吉なものを感じたハラン。ここで雨と呼ばれているのは何か死神のようなものではないかと考え、恐怖にかられる。

そして雨とともに訪れたひとりの旅人。彼はハランの家に滞在することになるのだが、両親や祖父は何かを隠しているようで……。

ここから物語は、ハランの家族ひとりひとりの視点の章と〈わたし〉の章が入れ替わりながら進んでいくことになる。

最初のハランの章はまるで童話かファンタジーのようで、牧歌的な暮らしの描写は心を和ませ、幼いなりに家族を思う少年の可愛らしくも真剣な苦悩には頰が緩む。だがその前に〈わたし〉の章があるのがポイント。かなり科学の進んだ場所にいたらしい〈わたし〉の描写が先にあることで、ハランの世界と〈わたし〉の世界がいったいどう結びつくのかという背景への興味が掻《か》き立てられるのだ。

つまりこの物語は、ハランが心配する〈雨〉とは何なのかという物語の進行上の謎と、この世界は何なのだという物語の構造上の謎が並行して進むのである。いやあワクワクする！　しかもハランの父や祖父、そして兄の章になると、ハランや姉の章で語られるのとは明らかに異なる、この牧歌的な中世風の場所にはそぐわない単語がちらちら出てくるようになり、これはもしかして……と謎解きの楽しみがどんどん加速するのだ。

これがSFの面白さだ。謎を解くという点ではミステリと言ってもいい。だがミステリが物語の中で起きた事件の謎を解くものだとするなら、SFは物語の舞台となっている世界の謎を解くジャンルなのである。すべてが明かされたときの、そういうことだったのか、というサプライズとカタルシス。特に空から……いや、ここには書けないけども、その場面の興奮ときたら！　そして世界の謎が解けたとき、登場人物の悲しみと懊《おう》悩《のう》と、そしてどこまでも深い愛情に心が震えるに違いない。

ファンタジーとの違いは何か。それは科学的・合理的な裏付けの存在だ。ファンタジーはたとえ現実をなぞっているようなものであっても、実ははっきりと現実から分離している。だからこそその中に浸り、どこまでも想像の翼を広げる楽しみがある。SFは逆だ。描かれているのは非現実のはずなのに、その合理性ゆえに、現実から遠ざかれば遠ざかるほどリアルが浮き彫りになっていく。どちらも非現実を描いているにもかかわらず、その方向性は逆なのだ。

ややネタばらし気味になるが、ここに描かれているのは、科学技術の発達と人間の幸せの関係についてである。スローライフとか人間的な暮らしだとかがもてはやされる一方で、どんどん進化するデジタルガジェットに熱狂する私たち。「ちょうどいい」場所はあるのか。何が足りていれば人は満足できるのか。人が何かを選ぶということは、何かを捨てることでもあるという厳然たる事実を、本書は突きつけてくる。これは現実のその先を書くSFでなくては描けないテーマなのだ。

私は『記憶の果ての旅』の解説で、孤独を感じている人に読んでほしいと書いた。それは『記憶の果ての旅』が、ひとりでいてもひとりではない、というテーマを描いたものだったから。そして本書もまた、同じテーマに帰結する。特に本書は、今の暮らしに息苦しさを感じる人に読んでほしい。自分は何があれば幸せでいられるのか、最も大切なものは何なのかを見つめ直す機会を、本書は与えてくれる。そして、この広い世界の中にはきっとあなたのための場所はあるし、たとえどこにいてもあなたは決してひとりではないのだと、伝えてくれるのだ。本文を読んだ人にしかわからない表現になるが、小説家もまた〈雨〉なのだから。

つまり『記憶の果ての旅』と『旅する通り雨』は、どちらも寓話《ぐうわ》的な語りで非現実を描いているようでいて、まったく異なるアプローチがとられ、かたや現実を離れ、かたや現実をさらに進め、そして同じ場所に行き着くのである。なんという試みだろう。これが異なるジャンルの二冊が同時に出された理由だと私は考える。

どうかぜひセットでお読みいただきたい。優しく、強く、心を包んでくれる、励ましに満ちた二冊である。

本書は、二〇一四年一月に小社より刊行された単行本『通り雨は〈世界〉をまたいで旅をする』を改題し文庫化したものです。

旅《たび》する通《とお》り雨《あめ》

沢村《さわむら》 凜《りん》

令和5年 2月25日 初版発行

発行者●山下直久

発行●株式会社KADOKAWA
〒102-8177 東京都千代田区富士見2-13-3
電話 0570-002-301(ナビダイヤル)

角川文庫 23536

印刷所●株式会社暁印刷
製本所●本間製本株式会社

表紙画●和田三造

●お問い合わせ
https://www.kadokawa.co.jp/ (「お問い合わせ」へお進みください)
※内容によっては、お答えできない場合があります。
※サポートは日本国内のみとさせていただきます。
※Japanese text only

ISBN 978-4-04-112829-9 C0193

◇◇◇

角川文庫発刊に際して

角川源義

第二次世界大戦の敗北は、軍事力の敗北であった以上に、私たちの若い文化力の敗退であった。私たちの文化が戦争に対して如何に無力であり、単なるあだ花に過ぎなかったかを、私たちは身を以て体験し痛感した。西洋近代文化の摂取にとって、明治以後八十年の歳月は決して短かすぎたとは言えない。にもかかわらず、近代文化の伝統を確立し、自由な批判と柔軟な良識に富む文化層として自らを形成することに私たちは失敗して来た。そしてこれは、各層への文化の普及滲透を任務とする出版人の責任でもあった。

一九四五年以来、私たちは再び振出しに戻り、第一歩から踏み出すことを余儀なくされた。これは大きな不幸ではあるが、反面、これまでの混沌・未熟・歪曲の中にあった我が国の文化に秩序と確たる基礎を齎らすためには絶好の機会でもある。角川書店は、このような祖国の文化的危機にあたり、微力をも顧みず再建の礎石たるべき抱負と決意とをもって出発したが、ここに創立以来の念願を果すべく角川文庫を発刊する。これまで刊行されたあらゆる全集叢書文庫類の長所と短所とを検討し、古今東西の不朽の典籍を、良心的編集のもとに、廉価に、そして書架にふさわしい美本として、多くのひとびとに提供しようとする。しかし私たちは徒らに百科全書的な知識のジレッタントを作ることを目的とせず、あくまで祖国の文化に秩序と再建への道を示し、この文庫を角川書店の栄ある事業として、今後永久に継続発展せしめ、学芸と教養との殿堂として大成せんことを期したい。多くの読書子の愛情ある忠言と支持とによって、この希望と抱負とを完遂せしめられんことを願う。

一九四九年五月三日

角川文庫ベストセラー

ゆっくり十まで　新井素子

温泉嫌いな女の子、寂しい王妃様、猫、熱帯魚、消火器……個性豊かな主人公たちの、いろんなカタチの「大好き」を描いた15編を収録。短時間で読めて楽しめる、可愛くて、切なくて、ちょっと不思議な物語。

夢違　恩田陸

「何かが教室に侵入してきた」。小学校で頻発する、集団白昼夢。夢が記録されデータ化される時代、「夢判断」を手がける浩章のもとに、夢の解析依頼が入る。子供たちの悪夢は現実化するのか？

失われた過去と未来の犯罪　小林泰三

ある日、人類は記憶障害に陥り外部装置なしでは記憶を保てなくなった。バラバラにされた心と身体が引き起こす、悲劇と喜劇。様々な生の記憶を宿す「わたし」とは一体何者なのか。壮大な物語の幕が上がる！

ペンギン・ハイウェイ　森見登美彦

小学4年生のぼくが住む郊外の町に突然ペンギンたちが現れた。この事件に歯科医院のお姉さんが関わっていることを知ったぼくは、その謎を研究することにした。未知と出会うことの驚きに満ちた長編小説。

代体　山田宗樹

意識を自由に取り出し、人が体を乗り換え「健康」に生きる近未来、そこは楽園なのか⁉　意識はどこに宿るのか——永遠の命題に挑む革命的に進歩するＡＩと向き合う現代に問う、サイエンス・サスペンス巨編。